一緒に居てほしい。
ただそう言いたかった。

ティルブックス

Character
リリーローザ・ヤヌアール
ミネレーリの腹違いの妹。カクトスに憧れ、節操のない取り巻きの一人になっている。普段から浅はかな行動を取ることが多く、ミネレーリを悩ませている。
カクトス・ウィスティリア
宰相を務めるウィスティリア公爵家の嫡男にして、王弟の子息。気品があり端正な容姿だが、見た目だけで言い寄ってくる女性たちに辟易している。レヴェリー、テーヴィアの従兄。
ミネレーリ・ヤヌアール
ガルテン公爵家の孫で、ヤヌアール伯爵家の長女。感情を表に出すのが苦手だが、実母・コリーニに対しては複雑な感情を抱いている。リリーローザとは異母姉妹。
ミンティ・ガルテン
ガルテン公爵婦人で、ミネレーリの従姉にあたる。すでに結婚しており、夫のシェルツはよく尻に敷かれている。ミネレーリを理解する数少ない人物。
レヴェリー・クララウス
クララウス公国の第一王女で、側妃の子。近隣国であるブラインド王国の王太子と婚約が決まっていたが破棄された。
テーヴィア・クララウス
クララウス公国の第二王女で、正妃の子。とある事件から姉と不和に。素直な性格で、憧れの姉と和解したいと思っているが……。
チェスティ・ヤヌアール
ヤヌアール伯爵家当主で、ミネレーリとリリーローザの実父。リリーローザを溺愛する一方で、捨てるように別れたコリーニの娘・ミネレーリにはつらく当たる。

Contents

Extra Story

序章

恋に狂う――。

その姿を私は母から教わったのだろう。

母をひと言でたとえるならと聞かれれば、私はこう答える。

「弱い人」だったと。

物心付く前から、私達母子は辺境の町にほど近い湖の傍の、そこそこ大きな家に住んでいた。

日がな一日編み物をしているか窓の外を見つめているかしかしない母は、定期的に送られてくるかなりの金額のお金で生活をしていた。

料理と掃除をしてくれる人を雇い、母はなにもしない。

私にとって母という存在はとても希薄なものだった。

一緒に寝た記憶もなく、手を繋いで外を歩いた記憶もない。

共に料理をすることも、母の唯一の趣味である編み物を二人ですることもない。

母とはなんだろうと思うときが多々あった。

多分、いやその前からなのだろう。

私は人としてかなり歪なのだと理解していた。

普通なら悲しい、かまってほしいと母に思うものなのだろうに、一向にそう思うことはなく、一度お手伝いさんに「母とは世間一般であああいうものなのですか？」と聞いた日から、なにかおぞましいものでも見る目で私は見られるようになった。

それすらも気にはならなかった。

母はまとまった金額が送られてくる数日前から、そわそわしだし、荷物が届くと急いで中身を開けて、いつも肩を落としていた。

誰かからの手紙を待っている。

誰かをずっと待っている。

私など眼中にない瞳は、いつも窓の外へ、王都の方角へと向いていた。


「誰を待っているの？」

なぜだかそれだけは、母に問いかけることができなかった。

今思い起こしても、その理由がわからない。

どうして私は母に問うことができなかったのか？

そんな日々を送るうち、母は徐々に壊れていった。

最初はなんだっただろう。

ああ、そうだ。なにもない場所に向かって「旦那様」と言っていた。

夜の間だけだったそれが次第に昼間にもするようになり、気味悪がったお手伝いさんの入れ替わりが激しくなっていった。

その旦那様が母の待ち人で、私の父なのだろうと漠然とだがわかって。

そんな日々が二年過ぎた頃、忘れもしないあの日がやってきた。

いつものように待ちわびていた小包を開けて、いつも通り落胆するだろうという予想は覆り、母は狂喜乱舞して一通の手紙を握りしめていた。

「旦那様！　旦那様からの手紙！　きっと許してくださったんだわ！」

けれど、今までに見たこともないほど喜ぶ母の顔は、手紙を読み進めるごとに暗くなり。

そして――。

視界が反転したことに気付いても、咄嗟のことに私は状況が呑み込めなかった。

「どうしてっ⁉」

何度も「どうして」を繰り返し、私の顔を叩き殴った。

痛いと思って体を引き剥がそうとしても、所詮は大人と子ども。力の差は歴然。

泣きじゃくりながらも私を叩き殴り続ける母の瞳は、すでにこの世には留まっていなかったのだろう。

「どうしてっ⁉　私は旦那様の子を産んだのに！　ずっとずっと旦那様だけを見てきたのに！
どうしてあんな女なんかにっ！」

母の慟哭(どうこく)は私の心になにひとつ波紋を呼び起こさなかった。

それでも僅かの抵抗として、擦れる声で久しぶりに母に呼びかけたのだ。

「お母さん……」と。

その瞬間、あれほど喚(わめ)いていた母は私に目を向けて、自分の血まみれの手を見て、ほどなくして悲鳴を上げた。

その瞳は久しぶりに見る正気に戻ったものだった。

「お母さん」ともう一度呼びかけようとして伸ばした手を、母は怯(おび)えた瞳で見つめて、私はそのまま手を宙に浮かせるしかなかった。

けれど、母にはそれが酷く嫌だったのだろう。

「ごめんね」と叫んで家を飛び出して行った。

待っても待っても母は帰ってこず、夜が明けて朝方になる頃、私はなぜだか母を探して外に出ていた。

心配だったのかはわからない。

あのときの胸の内の衝動を、今は微かにしか覚えていないから。

そして母を見つけたとき、その衝動は私の心の中にあったなにかを砕いていった気がする。

母は湖の貸しボートに乗り、手首を切って自害していた。

そっと触れた母の頬は驚くほど冷たくて。

両手で触れても私の体温で温まることはなく。

母の美しい顔を濡らしたのは湖の水ではなく、私の涙だった。

ごめんね――。

その言葉が何度も何度も私の頭の中で思い出されて、私は蹲(うずくま)って人が駆けつけてくるまで、ずっと母にしがみついていた。

私にとって母は希薄な人。

けれど、心のすべてを占める人だったのだ。

母の葬儀で初めて母方の祖父母と対面した。
王都でも名門の公爵家。
ああ、だから母はあれほどなにもできない人だったのかと納得した。
そして葬儀が終わった翌日、祖父母が私を王都へと連れて行こうとしているところに一人の男性が現れて、私を引き取ると言ってきた。

その男性を初めて見たとき、少し驚いたのを覚えている。

私と同じ黒髪と暗い深緑の瞳。

あまりにも私と似すぎている容姿。

ああ、私の父なのだとすぐに察することができた。

伯爵家の当主である父に、祖父母は非難の眼差しを向けていたが、それを口に出すことはなかった。

公爵家なのになぜ祖父母は遠慮がちなのだろうという疑問は、伯爵家に引き取られてすぐに、使用人達がこっそりとしている会話を聞いてしまったときにピタリと辻褄があった。

曰く母は幼い頃から父に好意をよせていて、婚約こそしていなかったが、祖父母達が仲がよかったこともあり、ゆくゆくは父と結婚させようという話が進んでいたそうだ。

だが、それは父が恋人だという子爵家の令嬢を伴って現れたことによって狂うことになる。

母は泣いて泣いて、両親である祖父母に縋(すが)り付いた。

父と結婚したいと。父と結婚できなければ死ぬと。

伯爵家の祖父母も母を小さなときから知っていて情があったのだろう。

子爵家の令嬢と別れることを父にすすめたそうだ。

だが、父は納得できるはずもなく。

それからどんな経緯があったのかは、使用人達の話だけではわからなかったが、私には十分だった。

父は納得しなかったものの、母と結婚して私が生まれた。

けれど、父は恋人との関係を清算していなかったのだ。

子爵家の令嬢は結婚適齢期になっても誰とも結婚せず、両親や親戚の反対を押し切って一人の赤子を出産した。

私とひと月しか生まれ月が違わない女の子を。

そして、父と母の仲は亀裂を生むだけではすまない事態になった。

母がその恋人を切りつけたという話も使用人達はしていたから、公爵家は色々と父に負い目があるのだろう。

伯爵家に引き取られて初めて義母と妹に対面したとき、儚げな義母は驚いて目を見開いた後、視線を彷徨(さまよ)わせて、こちらを一切見ることはなかった。

対して妹は瞳をキラキラとさせながら、母親譲りの金髪と金の瞳に眩しさを湛(たた)えて、ニッコリと笑った。


「リリーのお姉様ですね！　はじめまして！」


妹・リリーローザは義母と瓜二つの容姿をしていた。

そして私は父の容姿に瓜二つ。

どんな皮肉なのか。

義母は私を見る度に、まるで責められているような顔で視線を逸らす。

妹は自分に懐いてくれたが、義母があまり会わせないようにしていた。

そうして一年弱が経ち色々な事情がわかり始めてきた頃から、妹も義母と同じように私を避けるようになり。

父など論外だった。

私と目も合わせない。会話すらしようとしない。

引き取ったのは、伯爵家当主としてのただの義務なのだと言われている気がしたし、実際そうなのだろう。

すべてに興味がなかった。

だから母の祖父母に言いつけられていたマナーや勉学に勤しんだ。

ときには母の趣味だった編み物もしたりしながら。

私はマナーや勉学の習得が早いようで、「さすがは伯爵家当主の娘だ。さすがは公爵家の孫だ」と教師達から言われた。

それがお世辞ではないのは妹のマナーや勉学があまりにも上手くいっていないせいで、苦渋の表情をしながら妹に教えている教師達を見ていたからわかる。

妹は可憐（かれん）だったが、ただそれだけしか取り柄がないと言えるものだった。

それに酷く落ち込んでいることも、私に引け目を感じていることも知っていた。

だけど、興味がなかった。

誰のことも。

なのに。

「お姉様、わたくし好きな方ができたの……。ウィスティリア公爵家のカクトス様なのです。応援してくださいね」

久方ぶりに話しかけられたかと思えば、あまりにも突拍子もない言葉だった。

父と義母はそんなリリーローザを微笑ましく見つめている。

応援するわと返すべきだったのに、私の口から出た言葉はそれとは真逆のものだった。

「無理よ」

「え……？」

「私もウィスティリア公爵家子息様のことが好きだもの。お互いライバルね。頑張りましょう」

妹が、父が、義母が驚きに目を瞠るなかで、己の言ったことに私が一番驚愕しているなどとはこの場の誰も思ってはいなかっただろう。

第一章

「珍しく表情筋がおかしいことになっているわよ、ミネレーリ」

庭園にある椅子に腰をかけて、お茶を飲もうとカップを口元まで運ぼうとしていたミネレーリは従姉である新婚ほやほやの公爵夫人、ミンティ・ガルテンの言葉にピタリと動作を止めた。

「おかしい？」

「ええ。いつもはまったくと言っていいほどの無表情な顔が、なんていうか……戸惑っているような気がするわ」

酷い物言いだったが、ミネレーリ自身も自分の表情が乏しいことには自覚があるので、それについては否定することができない。

「おかしい……？」

問いかけはミンティにではなく、自分自身に近かった。

頬に触れ、ぐにぐにと引っ張ったり寄せたりしてみるが、わからない。

なにがおかしいのかわからない。

「なにかあったの？」

あるにはあった。

けれど、それをミンティに言うのは躊躇（ためら）われる。

妹であるリリーローザにライバル宣言を告げて数日、どうしてあんなことを言ってしまったのかわからないままミネレーリは日々を過ごしていた。

あの日から屋敷には糸のようななにかがピンと張りめぐらされている気がするのは、使用人達の暗い雰囲気からして気のせいではないのだろう。

父がミネレーリを数年ぶりに見つめる眼差しには非難の色が濃く浮かび、あれはもはや憎しみにも近いものがあるのではないだろうか。

義母はミネレーリを一瞬見て、視線を逸らすだけ。

非難も憎しみもそこにはなく、ただミネレーリから逃げる意図しか感じられない。

リリーローザも同じくだ。

以前はあんなにも「お姉様！」と言って傍に来てくれていたのに、義母と同じ反応をするようになったのは、はたしていつ頃からだっただろう。

ミネレーリはリリーローザを邪険に扱いもしなかったし、妹として可愛らしく振る舞うさまに、母には抱いたことのない家族への愛おしささえあった。

けれど、今も同じようにあるかと問われれば、わからないと答えてしまう。

だからなのだろうか？

リリーローザに告げた言葉は、ただ胸の内に巣食っている妹に対する当てつけだったのだろうか？

そもそもウィスティリア公爵家のカクトスとは二度会ったことがあるだけだ。

王弟の子息で、次期宰相。

気品があって優雅で、女性をうっとりさせるほどの端正な容姿。

彼こそが本物の王子様だと淑女達が噂するのを、パーティーなどで嫌というほど耳にした。

でも、ミネレーリは欠片も興味がなかった。

二度会ったなかで、厳しくも優しい人だと認識を変えたぐらいのはずだったというのに。

いつまでも頬を引っ張り続けるミネレーリにミンティは溜め息をついて、紅茶に口を付ける。

「その調子じゃ教えてくれそうにないわね。またいつか教えてちょうだい」

嫌だという言葉を飲み込んだミネレーリは我に返って、ミンティを見た。

「そういえば今日はお祖母様はいらっしゃらないの？　私を呼んだのはお祖母様なのに」

「わたしにも関係のあることだから、シェルツと一緒に来るわよ」

シェルツと名前を言ったときのかなりのぞんざいな言い方に、新婚夫婦なのにそれでいいのかと言おうとしたその瞬間――。

「我が愛しの奥方は今日も俺への扱いが酷いですね」

「お祖母様、シェルツさん」

祖母であるメイディア・ガルテン前公爵夫人をエスコートしながら現れたのは、ミンティの夫であるシェルツ・ガルテン公爵だった。

「我が愛しのってセリフが似合う顔だと思っているの？」

「本当に酷いな～。俺でも傷付くよ」

がっくりと項垂（うなだ）れたシェルツの姿にミネレーリは苦笑する。

確かに艶（あで）やかな容姿をしているミンティと比べると、シェルツは多少、いやかなり平凡な顔立ちだけれど。

話術に長けていて話をしていて飽きることはないし、努力を怠らない人だ。

婿入りした公爵家の舵取りも器用にこなして、ミンティとの結婚の際に嫌がらせをしてきた未婚男性貴族を悔しがらせている。

なにより温かい笑顔を浮かべるシェルツを、ミネレーリは出会ってすぐにいい人だと判断した。

そんなシェルツが好きで好きでたまらないのに冷たい態度であしらってしまうミンティとの恋はかなり難航したけれど、上手くいってくれて今に至る。

でも、結婚前と変わらないやり取りは健在だ。

「シェルツさん、お久しぶりですね。御無沙汰しております」

「ミネレーリ嬢、お久しぶりです。相変わらず女神も驚くほどのお美しさだ」

「御冗談も相変わらずですね」

「いえいえ、冗談などではありませんよ」

シェルツの雰囲気にあてられて和やかに会話をしていると、メイディアが咳払いをして話を終わらせるように促した。

「失礼いたしました、お祖母様」

美しいが厳しい顔つきのメイディアは、とても一筋縄ではいかない相手だ。

ガルテン公爵家の孫として、またヤヌアール伯爵家の娘として色々と勉強させられたが、ひとつとして褒めてもらったことはない。

それは母を甘やかして育ててしまった自責の念からなのか、昔はお優しかったのにと言う公爵家の古い使用人の言葉で想像できる。

それでも、物事ができれば顔つきがだいぶ優しくなるのをミネレーリはきちんとわかっていた。

優しさは変わらずあるのだ。

ミネレーリに向ける優しさは厳しいが慈愛に満ちたもの。

そう言い切れる。

「ミネレーリ、今日貴方を呼んだのは二週間後に王宮で開かれる試験に参加してもらうためです」

「試験、ですか？」

「ええ。ミンティも受けますが、第二王女テーヴィア殿下の教育係の試験です」

「……あの、それはいったいどういうことでしょうか？」

さすがにミネレーリは困惑してメイディアに尋ねた。

第二王女殿下、テーヴィア・クラウスは御年十二歳。

十三歳での社交界デビューを控えた歳ではあるが、王家には専任の教育係がいるし、利発で可愛らしいと諸外国からの評判もいいと聞いている。

そんな方に貴族令嬢から教育係を選ぶ理由がわからない。

「社交界での色々なことを教える必要があるからとのことです。表向きの理由はですが」

「本当の理由はひと月前に起こったゴタゴタのせいで、テーヴィア殿下が色々と参っているみたいだから、テーヴィア殿下を元気付ける人がほしいという至極単純なものよ。国王陛下が心配されているのよ。すごく」

ひと月前に起こったこと。

それはさすがに貴族の間だけではなく庶民にまで知れ渡ってしまっていることだ。

なるほどと思うと同時にミネレーリは自分は受からないだろうと、すぐに見切りをつけた。

話し上手でもない。あまり笑いもしない。パーティーもお祖母様に紹介されたものしか出ないミネレーリにはテーヴィア殿下を楽しませるなどできるはずもない。

「わかりました。お祖母様」

「落ちる気満々ね、その顔は」

「私に受かる要素などないでしょう。けれど、貴族の令嬢はほとんど受けるのでしょう？　それなら仕方がないわ。受かるとしたらミンティか、すでに御婚約者がいて王立図書館の館長を任されているエディティ・アンバルト侯爵令嬢でしょうね」

ミネレーリの冷静な分析にミンティは嫌そうな顔をした。

「どうしてわたしなのよ？」

「公爵夫人であり社交界でもかなりの権限を有しているのだから、そう考えるのは当たり前よ」

ミンティはその美貌と公爵夫人という肩書きで、かなりの信奉者がいる。

なおかつ面倒見もよく、人を惹きつける才を生まれながらに持っているのだから、最終候補にすでに名が挙がっているのではないだろうか。

「受かるのは名誉なことかもしれないけど、正直微妙ね。あのゴタゴタの後ということもあるけど、なにより第一王女のレヴェリー殿下のこともあるし。まあ、かなりの人数が受けるみたいだから、わたしじゃない可能性も大いにあると思いたいわね」

「けれど、真っ先に落とされそうなお嬢さんばかりだよ」

シェルツの苦い表情と言葉の意味に、ミネレーリは首を傾げる。

「貴族の子女達ばかりと伺いましたが、違うのですか？」

「そうなんだけど、目的があるんだよ」

「目的？」

「テーヴィア殿下と従兄であるウィスティリア公爵家のカクトス君に近付きたいって思惑に近

いのかな」

今しがた考えていた人物の名前を出されて、ミネレーリは咄嗟に次の言葉が出てこなかった。瞬間、ガシッと両手で顔をミンティに掴まれ、顔を覗き込まれる。

「今の顔はなに⁉　洗いざらい話しなさい！　ウィスティリア公爵家の子息となにかあったのね⁉」

「ないわ！　離して！」

「絶対にあるわよ！　ミネレーリの表情はわかりやすいんだから！」

そんなことを言うのはミンティぐらいなものだ。

なにがなんでも聞き出そうとするミンティに必死に抵抗するミネレーリを庇い、シェルツがミンティを引き剥がしてくれ、メイディアが続けざまに大きな雷を落としたのだった。

屋敷に帰ると、父が呼んでいると執事がミネレーリに言いにきた。
用件はわかっていたが、行かないとうるさいだろうと思い父の書斎を訪ねると、そこには義母とリリーローザもいた。
「ただいま戻りました。なにか御用でしょうか？」
「……二週間後のテーヴィア殿下の教育係の試験を受けるそうだな」

すでにガルテン家から話がいっているのはわかっていた。

きっと父はミネレーリがガルテン家に呼ばれた理由を知っていて、あえて言わなかったのだ。

そのわけは。

「はい。メイディアお祖母様から受けるようにと言われましたので」

「リリーローザもその試験を受ける。一緒に王宮に行くように」

「わかりました。用件がそれだけでしたら、下がらせていただいてかまいませんか？」

「わ、わたくし負けませんから！」

礼をして書斎から出ようとしたミネレーリに向けられた声はリリーローザのもの。

しかしミネレーリには意味がわからなかった。

「負けない？　なんのことかしら？」

「し、試験のことです！　はぐらかさないでください！　わたくしお姉様には負けません！

カクトス様をお慕いしていますから！」

「意味がわからないわ。なにを言っているの？　リリーローザ」

「ミネレーリ！　リリーローザは先日の件を言っているのです！　あんなことをリリーローザに言っておきながら、貴方はリリーローザを馬鹿にしているの⁉」

数年ぶりにきちんと聞いた義母の声にもミネレーリは動じることはない。

「それこそ意味がわからないと言っているのです、お義母様。王宮での試験はテーヴィア殿下の教育係を決めるためのもの。そこになぜウィスティリア公爵子息様が関係してくるのですか？　リリーローザ、貴方はウィスティリア公爵子息様に近付くために試験を受けるつもりなの？」

「え……それは……」

「そうだとしたら王族への立派な不敬罪よ。貴方はテーヴィア殿下のことをまったく考えていないということなのだから。この試験はテーヴィア殿下のために設けられたものであって、ウィスティリア公爵子息様に近付くためのものではないわ」

絶句するリリーローザに久しぶりに頭痛を覚える。

シェルツの言っていた思惑を持つ令嬢の中に妹まで入っているなんて。

「リリーローザ、ミネレーリの言う通りだ。反省しなさい」

リリーローザを怒ることなどほとんどない父がリリーローザを叱責した。

そのことに驚いたリリーローザは呆然とした後、瞳に涙を溜めてゆく。

そして嗚咽を堪えながら、書斎を飛び出していった。

義母はミネレーリの正論に目を逸らして、リリーローザを慌てて追いかけてゆく。

残されたのはミネレーリと父だけ。

けれど、会話などあるはずもないので礼をして扉のドアノブに手を伸ばしたとき――。

「……お前は母親とはまったく違うな」

違うと言っているのに、その声には嫌悪が含まれていた。

聞こえないふりをして書斎を出て自室へと向かう。

けれど、ふと立ち止まったミネレーリの口から小さな声が漏れる。

「厭（いと）うくらいなら、どうしてお母様と結婚したの？」

返事などあるはずもない問い。

すぐにミネレーリは止めていた足を動かして自室へと入った。

二週間後はあっという間に訪れ、王宮に招かれた数多の令嬢達はパーティーなどを行うホールに一堂に集められていた。

大半の令嬢達が縁談にでも来ているかのごとく着飾っているのを見て、ミネレーリの隣にいるミンティが得体の知れないものを見ているかのように引きに引いている。

「あの集団の中には絶対に交ざりたくないわ〜」

その集団の中にはミネレーリの妹であるリリーローザもいる。

可愛らしいピンク色のフリルが付いたドレスに身をつつんで瞳を輝かせるさまを見ていて、

ミネレーリは最近よく起こる頭痛がしそうになった。

　この二週間は今まで以上に会話をすることも、家の中で鉢合わせることもないまま過ごしていたが、リリーローザは注意したことをきちんと理解できていると思っていた。

　新しく作られたドレスを着て嬉しそうにしているのを見て、朝に顔を合わせた瞬間、父も義母もなにをしているのだと言いたくなってしまった。

　けれど……そう思いつつ、リリーローザの周りの令嬢達を見て、どこも同じことをしているのだと思い、ますます辟易(へきえき)してしまう。

　ミンティの反応が正しいものだと気付いているのは、その集団から自主的に距離をとっている数名だけだ。

　ミンティのような既婚者の大多数はこちら側だが、婚約者がいる令嬢も着飾って集団の中に交じっているのだから質(たち)が悪い。

「ミネレーリが変な顔をした理由がわかったけど、それにしてもリリーローザがカクトス様狙いだとは思わなかったわ」

「その言い方だとリリーローザが嫌がるわ。真剣に好きなのですって」

「いやいや無理でしょう。どう考えても。リリーローザじゃあ」

「ガルテン公爵夫人、もう少し声量をおさえて。淑女の言葉遣(づか)いではないわ」

「大丈夫よ。聞かれて困る方は、今周りにはいないもの。カクトス様は確かに若い令嬢方の憧れではあるけれど、憧れだけに留めておくべきものよ。実際の本人は厳しいなんてものじゃないから。ああいう場を弁(わきま)えない令嬢が嫌いだそうよ。まあ、表向きは紳士的に接しているらしいけど」

「それはシェルツさんからの情報なの？」

「ええ。シェルツとは割とよく話すそうよ。堅苦しくしなくていいから楽なんですって」

シェルツが同性からも好かれるのは、その部分かもしれない。

ミンティのことで男性独身貴族達からのやっかみは多かったとはいえ、味方も多かった。

一緒にいて楽になれるのは、とても重要なことだし、シェルツは飄々(ひょうひょう)としているのに人の心を掴むのが上手い。

ミネレーリでさえ笑わせてくれる数少ない貴重な人間だ。

「素敵な旦那様ね。シェルツさんは」

「なっ⁉　……わ、わかっているわよ。そんなことぐらい」

声を上げそうになり、場所が場所だけにすぐに正気に戻ったミンティは耳を赤く染めながら、ぼそぼそと呟くように言う。

「その素直さをシェルツさんにも見せてさしあげればいいのに」

「嫌よ。調子に乗るから。それから、その張り付けた笑みが怖いわ。すぐにやめて」

「無理ね。作りものの笑顔でも王家の方々の前では張り付けなければ不敬でしょう」

「その作りものの笑みも壊してくれる人がようやく現れたかと思ったのに。妹の想い人だっただけだなんて」

そう。リリーローザが想う人。

ただそれだけのはずなのだ。

だから、このままミンティはミネレーリが抱く疑問にも気付かないでいてほしいと思う。

どうしてリリーローザにあんなことを言ってしまったのか。

まだミネレーリには答えが出せていないから。

そうしてしばらく経った後、宰相閣下が入ってこられた。

閣下の合図に、その場にいた者は例外なく頭を下げる。

直後衣擦れの音がして、正面の飾り立てられた煌びやかな椅子に誰かが座ったのがわかった。

宰相閣下の許しを得て顔を上げれば、そこには美しく利発な顔立ちをしたテーヴィアが鎮座していた。

十二歳という年齢ながらも同じ歳の貴族の子女達とは異なる、そして王族が持つ雰囲気だけではないものがあるようにミネレーリには見える。

一段下がった手前には従兄のカクトスがいて、まるでテーヴィアを守るような立ち位置だ。

兄妹のように仲がいいとミンティから聞かされたことがあるが、その事実はミネレーリの心に眩しさを宿す。

ミネレーリが決して手にできないものを持っている。

それが、酷く眩い。

「テーヴィア殿下、集まられた皆さんになにかお言葉を」

宰相閣下の促しに頷いたテーヴィアは、真っ直ぐな眼差しを一堂に向けてくる。

「今日はわたくしのために集まっていただきましたこと感謝します。審査は宰相にお任せしていますが、わたくしも自分の目で皆さんを見ていきたいと思っています」

テーヴィアの挨拶が終わり、カクトスとテーヴィアが退出した後、審査のために各々移動するなかでミンティがぼそりと口を開く。

「さっきの向こう側にいた麗しい女性の方々、み〜んなカクトス様にうっとりしていたわよ。なんのためにここに来たんだか」

「麗しい女性というところまで我慢したのはわかるけれど、後半の言葉遣いが酷いわよ」

「ミネレーリ以外には聞かれていないから平気よ」

「あら、わたしには聞こえていましてよ?」

涼やかな声がして、驚いてミネレーリが振り向けば、綺麗な銀髪を緩く結い上げて、優しげな琥珀色の宝石の瞳の主が笑ってこちらを見ている。

「エディティ様、お久しぶりですわね」

「ええ、お変わりないようですわね、ミンティ様。初めまして、お噂はかねがねミンティ様から伺っております。エディティ・アンバルトと申します」

「お初にお目にかかります。ミネレーリ・ヤヌアールと申します。以後お見知りおきくださいませ」

遠目に姿を見たことはあっても話すのは今日が初めてだった。

エディティ・アンバルト侯爵令嬢。

貴族の女性でありながら仕事を持ち、王立図書館で館長をしている才女と名高い方。

けれど、それだけではなく美貌もミンティに劣らない。

「わたしがいることを承知でお話しされていたのでしょう？　ミンティ様は」

「ミンティ……驚いてしまうから教えておいてほしいわ」

「驚くと言いながら表情はまったく変わらないじゃないの。せっかく鉄仮面を崩せるかと思ったのに」

「わたしにも驚いているようには見えませんでしたわ。ミンティ様のおっしゃっていた通り、冷静な方なのですわね、ミネレーリ様は」

「表情が動かないだけです。ミンティがなにか吹き込んでいるようですけれど、半分以上でたらめですので信用なさらないでください」

「いいえ。現ガルテン公爵のシェルツ様がおっしゃられていた女神のような美しさとはこのことかと感嘆しておりました。凛としていらして伸びた背筋が綺麗で。ミンティ様は妖艶な美しさがありますけれど、ミネレーリ様はまったく違う凛々しさで憧れますわ」

「そのようにお褒めいただけて光栄です。宝石が磨かれたような美しさを持たれているエディティ様にそのように言っていただけるなんて」

「まあ、ミネレーリ様にそのようにおっしゃっていただけて大変嬉しいですわ」

審査を待つ間、他愛もない会話をしてミンティやエディティと過ごすミネレーリは、前々から話してみたいと思っていたエディティとお近づきになれたことで、今日ここに来てよかったと思っていた。

審査に通るのは、ほぼこの二人で確定だから、後は粗相がないようにしようと考えながら。

審査はマナー・ダンス・教養・勉学と続いたが、基本はどれも貴族の令嬢達は学ぶもので、誰もがそつなくこなしていく。

ダンスの相手を務める一人にカクトスもおり、令嬢達はカクトスに群がってそこだけ審査の時間がかかったが、ミネレーリやミンティ、エディティは他の空いている方々をすぐに選んで審査を終わらせた。

カクトスとのダンスの順番待ちの中にリリーローザがいて、またしても頭痛が起きそうになったのは仕方のないことだった。

そして最終審査は数分間の宰相閣下との話し合い、もとい面談のようなもの。

これが終わればすぐにでも帰って休もうとミネレーリは思い、宰相閣下との面談を始めたのだが、それはミネレーリがソファに腰を下ろした瞬間にノックされた扉によって阻まれた。

「失礼するわ」

宰相閣下の返事を待たずに扉が開いて入ってきた人物を見て、ミネレーリはすぐに臣下の礼をとった。

テーヴィア殿下と同じ薄赤色の艶のある髪が印象的なその人物は、扇を開いてミネレーリに声をかける。

「顔を上げてちょうだい。ミネレーリ・ヤヌアール伯爵令嬢」

そこに現れたのは数日前、近隣の小国であるブラインド王国の王太子に婚約を破棄された、第一王女のレヴェリーであった。

第二章

「レヴェリー殿下!?　どうしてこのようなところへ……！」

いきなりのレヴェリーの訪問に宰相は慌てて座ったばかりのソファから立ち上がる。

先触れのない訪れもそうだが、今はテーヴィアの教育係の審査の真っ最中。

レヴェリーがここまで来ることなどありえないと宰相は思っていたのだろう。

王宮の様々な事情をメイディアやミンティから聞くだけのミネレーリも、この日、この場所に彼女が現れるとは思いもしていなかった。

第一王女殿下レヴェリー・クララウス。

側室のお子であり、幼少のときからブラインド王国の王太子との婚約が決まっていた。

クララウス公国は女性に王位継承権はなく、正妃の子であるテーヴィアにも継承権はないが、すでに彼女のひとつ下に王子が誕生しているため、問題はあまりなく政は進んでいる。

正妃の子であるテーヴィアにはレヴェリーと違い、婚約者がいない。

それは正妃を愛し、正妃の子を溺愛する国王の他国には嫁がせたくないという思惑からだと、まことしやかに囁かれている。

それを裏付けるかのように、レヴェリーには無関心を貫いている国王だが、正妃の子であるテーヴィアとイルザ第一王子には多大に干渉すると、王宮で働く者が零しているらしい。

またテーヴィアは教養や勉学にも秀でていて、一応だが王妃教育も施され、その課程を十二歳にしてほぼ修了しているとも。

反対にブラインド王国へ嫁ぐことが決まっているレヴェリーの王妃教育は、まだ修了していない。

レヴェリーは十六歳。テーヴィアは十二歳。

あまりにも差があると、まるでレヴェリーを嘲笑うかのように貴族達は噂するのだ。

そのことに反発心が膨れ上がってしまうのはレヴェリーのせいではないだろう。

だからなのかレヴェリーはテーヴィアとは一定の距離を置いて接していた。

たとえ父王に愛されなくとも、側室の母に蔑ろにされようとも、それはテーヴィアのせいではないとレヴェリーは理解しているのだと、ミネレーリは第一王女という肩書きに恥じないレヴェリーを、さすがは王家の姫と思っていた。

だが、それはあっけなく崩れ去った。

ひと月前の婚約破棄騒動で。

「あなたとお話がしてみたいと思っていたのよ。ミネレーリ・ヤヌアール伯爵令嬢」

「恐れ多いことでございます。私になにか御用がおありでしょうか？」

ゆっくりと失礼にならないように顔を上げれば、レヴェリーは微笑んでいた。

美しいその笑みに、違和感を覚えてしまう。

こんな笑みをミネレーリはどこかで見たことがあった気がした。

「今度開こうと思っているお茶会にぜひ呼びたいと思っていたの。来てくれるかしら？」

お茶会とは言うが、これは単純に取り巻きにならないか？　という勧誘だ。

そして王女殿下の誘いを断る権限など伯爵令嬢であるミネレーリは持ち合わせていない。

どうして自分を？　と思うが返事は「はい」以外与えられてはいないのだ。

面倒そうならミンティも巻き込んでしまおうと考えて頷こうとしたとき――。


「姉様！」


可憐な声は試験が始まる前に上座から聞こえたもの。

「テーヴィア……！」

それまで穏和に話していたレヴェリーの声が一変したのがわかった。

憤怒。憎悪。嫉妬。

そんな色々な負の感情が入り混じった声。

テーヴィアは駆けてくるなり、レヴェリーの腕を掴んだ。

「姉様！　お話がしたいと思っていました！」

「話？　なんの？　必要ないでしょう。そんなこと」

「姉様！　わたくしはっ……！」

「黙りなさい！　この泥棒猫！」

あまりの苛烈さにミネレーリは目を瞠ってしまう。

「レヴェリー殿下！　そのような言い方は」

「あなたは口を噤んでいなさい！　宰相ごときが！」

止めに入ろうとした宰相の言葉にも耳を傾けようとしないレヴェリーに、テーヴィアは引き下がらなかった。

「嫌です！　黙ったら、もう姉様は口を利いてはくれません！　それは嫌なんです！」

「っ離しなさい！」

真っ直ぐなテーヴィアの瞳は激情に駆られるレヴェリーに怯むことがない。

「このっ……！」

レヴェリーを見据える瞳に魅入っていると、レヴェリーが手を振り上げたのが見えた。

体は反射的に動いて。

パァン！　と大きな音がしてミネレーリの左頬に痛みが走った。

次いで痛みを覚えた頬が熱を帯びていくのも、口の中に鉄の味が広がるのも感じる。

あまりにも強い一撃だったせいで口の中が切れてしまったのだろう。

息を呑む気配が前方からも背後からもする。

顔を上げれば、そこには驚愕と怒りの表情をしたレヴェリーがいた。

「……どうして、そんな子を庇ったの？」

「私にとってはレヴェリー殿下もテーヴィア殿下も等しく貴い存在ですので」

「そんな泥棒猫が貴いわけがないでしょう!?　姉の婚約者を奪う妹なんて！」

「わたくしはそんなことしていません！　バルムヘルツ様が勝手にわたくしに求婚してきたのです！」

「まだそのような嘘をっ！」

「嘘ではありません！」

言い募るテーヴィアに、頭に血がのぼったのか、再度手が振り上げられる。

背で隠しているテーヴィアを守ろうと、ミネレーリは再び痛みを代わろうとした。

その刹那、レヴェリーの顔を見て、ミネレーリは息を止めた。

激情に駆られた顔。けれど、瞳はこの世に留まっていないかのような。


(……お、かあ、さま?)


重なる二つの影が、ミネレーリには生き写しのように見えて。

ミネレーリが呆然としているなかで振り上げられた手は、ミネレーリに届くことはなかった。

間一髪のところで、レヴェリーの腕をカクトスが捕まえたのだ。

「なにをしているのですか？　レヴェリー姫」

「カクトスお兄様!?」

「大丈夫かい？　テーヴィア姫」

テーヴィアを安心させるような優しい笑みを浮かべながら、カクトスはレヴェリーと対峙した。

分が悪いとわかったのか、カクトスから腕を引き剥がして、その場から去ろうとしたレヴェリーは、チラリとミネレーリを一瞥する。

「あなたはわたくしと同じだと思っていたわ」

ひと言そう言って去っていくレヴェリーにテーヴィアは叫ぶように名を呼んだ。

「レヴェリー姉様！」

けれど、テーヴィアの呼びかけに、レヴェリーが振り返ることはなかった。

「君には会う度に驚かされているね」

王宮医師に手当てをされ、高位貴族でも滅多に入ることを許されない王女達が住まう後宮近くの部屋に通されたミネレーリは試験を終えるまでの間、ミンティを待つことにさせてもらった。

本当ならリリーローザに来てもらうべきなのだろうが、カクトスからミンティにミネレーリの迎えを頼むと言い切られてはどうしようもない。

きっとリリーローザがカクトスに想いをよせている令嬢だとわかっているからなのだろう。

そのうえで避けるのは、やはり今回の新調したドレスを身にまとっていたせいであることは疑う余地もない。

ダンスの試験では令嬢達に紳士的に優しく接していたが、ほんの少し表情が硬くなるときがあった。

あれは怒りそうになるのを堪えていたのかもしれない。

そう思いながら、部屋の扉付近でソファに座ることなく立ち続けるカクトスに視線を移したときに、その言葉は投げかけられた。

「先日は大変申し訳ありませんでした。みっともないところをお見せしてしまって。ですが、驚かれたのはあれ一度きりだと思われますが？」

三度しか会ったことのないなかで、カクトスを困惑させてしまったのは二回目のときだけだ。

最初は普通の出会い方をしたはず。

いや、普通とは多少違ってはいたけれど。

「初めて出会ったときも僕が驚いたのを覚えていないのかな？　あまりにも無表情でどちら様ですか？　って言うから正直言葉に詰まったよ。なのに名乗った途端に張り付けた笑みを見せられて。驚かないほうが無理じゃないかな」

王都の外れにある湖の近くのベンチでカクトスとは出会った。

名前はなんらかのパーティーに出る度に令嬢達が口にしていたし、貴族の名前を覚えていることは当然のことだ。

ただ顔を知らなかっただけ。

だから、無表情で問いかけてしまったのだ。

「どちら様ですか？」と。

「それは失礼をいたしました。お名前は存じ上げていたのですが、お顔を存じ上げませんでしたので」

「自意識過剰でなく、令嬢達に顔は知られていると思っていたから僕も悪かったけどね。いきなり声をかけてしまったから」

「いえ。大抵の御令嬢はご存じだと思います」

「君は違ったでしょ」

なにがおかしいのか肩を震わせて笑うカクトスに、ミネレーリは首を傾げてしまう。

そういえば二度目に会ったときに醜態を晒して以来会っていなかった。

できればあのときのことは忘れてほしいと言いたいが、婚姻前の男女であるため、薄い扉を開ければ騎士と侍女が控えている。

あまり公にしたくないことなので、ここで言うのは諦めるしかない。

「傷はもう痛くはない？」

今まで和まそうと雰囲気を持っていってくれていたカクトスの、いきなりの真剣な声に一瞬だけ虚をつかれたミネレーリだったが、問題はないと頷いた。

「一週間ほど屋敷の外には出ない生活をすれば問題はありません」

ガーゼをあてられた頬は、令嬢には不似合いすぎるものだ。

屋敷にこもってばかりは窮屈だが、その拘束される時間でしかできないこともある。

ミンティからシェルツの蔵書でも何十冊か借りようと考えていると、カクトスが溜め息をついた。

「明日には王家から正式に謝罪がいくと思う。……テーヴィア姫のせいではないのにレヴェリー姫は思い込んでいるんだ。テーヴィア姫のせいだ、と」

ひと月前、貿易など色々な面で親交のあるブラインド王国の王太子がクララウス公国に招かれてやってきた。

クララウス公国を見聞するのと、婚約者のレヴェリーに会うのを目的として。

ブラインド王国にレヴェリーが訪れる機会は何度もあったが、逆は今まで一度もなかった。

王太子教育が修了するまではという理由だったらしいが、本当のところはレヴェリーにあま

り愛情を持てなかったせいだろうと噂好きの貴族が話していた。

それはあながち間違いではなかったのかもしれない。

ブラインド王国の王太子は歓迎のために開かれた夜会で、テーヴィアを見てひと目で恋に落ちてしまった。

あろうことか、その場でレヴェリーに婚約の破棄を告げ、テーヴィアに求婚した。

ありえない。

ミンティと共に話を聞かされたときに、ミンティの零した本音にミネレーリも激しく同意した。

ブラインド王国はクララウス公国に比べてひと回り国土が小さい。

そんな国同士での婚約はレヴェリーが生まれたときに同じ歳ということもあって、国同士のために決まったものだ。

それを勝手に破棄するなど、しかも兵力もクララウス公国に勝つことのできないブラインド王国を背負って立つはずの王太子の所業に国王は怒り、ことの顛末をすべて知らされたブラインド王国の王は卒倒したらしい。

そうして、王太子の廃嫡が数日もしないうちに決定した。

これが自国の中で起こったことであれば、ブラインド王国も王家の力を使ってなんとでもできたかもしれない。

だが、国を出た外交の場だったことが、廃嫡以外の罰を許さなかった。

幸いなことにブラインド王国には王子が三人いたので、第二王子を王太子に据えることになったそうだが、こちらもこちらで色々な問題が生じた。

レヴェリーはたとえ政略結婚でも、王太子を一途に慕っていたせいで、泣き喚きテーヴィアに掴みかかろうとしたが取り押さえられ、見張りをつけられて監視された。

その間に王太子の廃嫡が決まり、婚約もないものになり。

更に更に暴れたそうだ。

王太子の責とはいえ、婚約を破棄されたレヴェリーのこれから先の縁談は苦労することが目に見えている。

国王は必死になってレヴェリーの相手を探しているが、暴れた事実も相まって無理ではないかと貴族の誰もが思っていた。

そんな渦中に強制的に巻き込まれたテーヴィアは、元々姉であるレヴェリーを尊敬し誇っていた。

夜会で求婚してきた王太子を拳で殴りつけたことは美談として語られている。

が、テーヴィアにとってはそこからが苦しみの始まりだった。

レヴェリーは人が変わったようになり、テーヴィアと一切関わりを持とうとはしなくなり、会えば暴言を叩きつけ、掴みかかりそうになる。

それでも諦めず真っ直ぐにレヴェリーに向かっていくテーヴィアのなんと美しかったことか。

ミネレーリは先程のことを思い出して、リリーローザもああであったらと思ってしまった。

リリーローザもテーヴィアのようであれば、今も仲のいい姉妹のままでいられただろうに。

けれど、同時にミネレーリはレヴェリーの瞳を思い出した。

「……レヴェリー殿下はこのままではいけないと、思います」

「どういう意味？」

唐突なミネレーリの発言にカクトスは目を丸くしている。

「……レヴェリー殿下は、恋に狂われている」

母と同じ瞳だった。

現世を生きていない目。

あのときだけのものだったが、あれを放置すればきっと。


「……お母様と同じようになってしまう」


息を呑んだカクトスが、逡巡（しゅんじゅん）しながら口を開きかけたとき、

「失礼いたします！　ミネレーリ！」

扉を蹴破るような勢いで部屋に入ってきたミンティに、ガシッと顔を掴まれる。

「大丈夫!?　ミネレーリ！」

「最低限の礼儀を守りながらの突進はいつ見てもすごいと思うわ。誰も真似できないわね」

「ああ、よかった！　いつもの無愛想なミネレーリね！」

「ここは王宮ですよ。ガルテン公爵夫人」

ミネレーリがそう言って、やっと落ち着いたのだろう。

扉を咄嗟に避けたカクトスはミンティの剣幕に苦笑している。

ミンティは咳払いをひとつして、カクトスに淑女らしく頭を下げた。

「お騒がせして申し訳ありません。カクトス様、ミネレーリを連れて帰りたく思いますので、これで失礼させていただきます」

「今更の変わり身ね」

「なにか言った？　それとミネレーリ、馬車の中で事情はたっぷりと聞きますから。なにかあった顔をしているから」

「色々あったわね」

「それ以外でよ。顔に出ているわ。それ以外でなにかありましたと」

だからそう言うのはミンティだけだと言おうとして、カクトスが微妙な顔をしていることに気付いた。

悔しいような。面白くないような。

「カクトス様？」

「ああ、ごめん。陛下には僕から伝えておくから大丈夫だよ」

歯切れの悪いカクトスを残して、そのままミンティに引き摺られるようにミネレーリは退出した。

なにか言いたげなカクトスの視線を気にしながら。

「……夕焼けみたいな人……」

そう自身が呟いたことにミネレーリは気付いていなかった。

目の前に出された紅茶に口を付けると、ほのかな酸味と甘みが広がっていく。

最高級の茶葉が使用されたお茶は大変おいしいが、向かい合って座っているテーヴィアの真剣な眼差しにミネレーリは居心地が悪くなってくる。

「とてもおいしいです。テーヴィア殿下も飲まれてはいかがですか？」

ほっとした顔を見せるテーヴィアは年相応でとても可愛らしい。

いつもの凛々しい顔つきが嘘のようだ。

「本当に先日は姉様がすみませんでした。わたくしもあのように場を弁えずに叫んでしまって。

ミネレーリ様を巻き込んでしまいました」

「巻き込まれたと思っておりません。ですのでお気になさらないでください」

「本当に気にしていませんから、ミネレーリは」

ミネレーリの隣に座り、同じようにお茶を飲んでいたミンティがテーヴィアを宥めるように話す。

まったく気にしていないのは本当のことだった。

けれど、気になることは別にあるとは言えるはずもない。

「いいお天気ですわね～」

あまりに脈絡のないエディティの明るい声に、お茶を吹き出してしまいそうになる。

最近交流を持つようになったエディティ侯爵令嬢は柔らかで独特の雰囲気を持っているが、それが外見だけではなく中身も柔らかくふわふわなのだと知ったとき、ミネレーリは無言になってしまった。

前から交流のあるミンティや、王立図書館で面識のあるテーヴィアは特に驚いた様子もなく相槌を打つ。

なぜこの四人で茶会を開いているのかといえば、二週間前の試験まで話を遡らなければいけない。

レヴェリーに叩かれた翌日には王家からの使者が来て、ことを内密にしてほしいと国王直々の手紙にしたためられてあった。

手紙を読んだ父親とミネレーリの心の内だけに留めておくことになったが、あの試験のときに一緒に帰らなかったリリーローザが疑問に思わないかミネレーリは心配だった。

けれど気にしていてもリリーローザがミネレーリに尋ねてくることはなく。

義母と同じように視線が合えば逃げられる、前と変わらない現状。

せめて目だけでも合わせればいいのにと、ミネレーリは他人事のように思っていた。

そんななかでミンティが、どうしてもテーヴィアが謝罪をしたいと言っていると聞いて、試験に予想通り受かった二人とテーヴィア、ミネレーリでお茶会をすることになったのだ。

やはりというか、カクトス目当ての御令嬢達は真っ先に試験に落ちた。

リリーローザは落ち込んでいたが、受かる気だったのかと逆に驚いてしまうのをなんとか堪えるのにミネレーリは必死になった。

余計な火種は生みたくない。

受かったミンティとエディティに納得できない者など誰もいなかった。

「あの……ミネレーリ様……」

カップを置いて聞いてもいいものかというように目線を彷徨(さまよ)わせているテーヴィアに、「なんでしょうか？」と問えば躊躇いがちに口を開かれ。

「姉様が言っていたことが気になっていて……。ミネレーリ様は姉様と同じだ、と」

あの日、レヴェリーから一撃とも呼べる平手打ちを受けた後での言葉をミネレーリは思い出す。

『あなたはわたくしと同じだと思っていたわ』

思わず苦笑がミネレーリから漏れる。

同じ？

どこが？

どのあたりが？

なにもかも違うのに、どうしてそれがわからないのだろう。

「あの……やっぱり聞いてはいけませんでしたか？」

ミネレーリの苦笑を言い難いことだとテーヴィアはとらえたのだろう。

「いいえ」と首を振って、ミネレーリはそれを否定した。

「ですが、気持ちのいい話ではもちろんありませんので、テーヴィア殿下にお話ししてもいいものかどうかわかりかねるのです」

「わたくしはかまいません！　聞かせてください！」

「ミネレーリ、その話はまだ殿下には……！」

さすがにミンティは、まだテーヴィアに話すのは早いと思っているのか話を止めに入ってくる。

「遅かれ早かれ一年後に社交界にデビューされたら噂で聞いてしまうことだわ。それだったら私の口から話しておいたほうがいいでしょう？」

ぐっ、と言葉に詰まったミンティは少しして諦めて頷いてくれた。

「……わかったわ」

「エディティ様、不快なお話をこれからするかもしれませんがよろしいでしょうか？」

「わたしはかまいませんわ」

ゆったりと微笑むエディティは、きっとミネレーリのことを貴族達がする噂話で知っているだろう。なのに変わらずにこにこと笑っていてくれる。

　中身はふわふわだけれど、実はしっかりしていて、掴めない人だなとミネレーリは思いながら、テーヴィアに視線を戻す。

「私はヤヌアール伯爵の娘ですが、現在の母は本当の母ではありません。妹がおりますが腹違いの姉妹になります」

　そこからすでにテーヴィアとレヴェリーの関係に似ているせいで、テーヴィアは驚いているようだが、真っ直ぐにミネレーリを見て続きを促してくる。

「本当の母はガルテン元公爵夫妻の娘でした。ミンティにとっては叔母になります。元々父と母は結婚していましたが、それは父の望むものではなかったようです。私は物心ついてから母が亡くなるまで、ずっと母と共に王都から離れて生活をしておりました。引き取られてから、父が私に愛情を与えてくれたことは一度もありません。娘として愛しているのは妹だけ。それをレヴェリー殿下は人づてに聞かれて、御自分と一緒だと思われたのでしょう」

「それは違います！」

「ええ、テーヴィア殿下のおっしゃる通りです。私のような一臣下が申し上げるべきではないのでしょうが、私とはまったく違います。国王陛下はきちんとレヴェリー殿下を愛していらっしゃる」

　叫んだテーヴィアに間違っていないとすぐに返答できる。

　国王がレヴェリーに対してどう動いているか見ていれば、すぐにわかることだ。

確かに愛情の比率は平等には決していかない。愛している王妃の子どもであるテーヴィアとイルザに愛情が傾くのもしょうがないことなのかもしれない。

最初はミネレーリだって、国王はレヴェリーのことをなんとも思っていないのだろうと思っていたのだから。

けれど、婚約が破棄され、レヴェリーの嫁ぎ先を未だ諦めずに探しているのを聞き、ミネレーリを叩いたことを内密にしてほしいと直々に書かれた手紙を見たとき、ああ違うのだなとわかったのだ。

国王は国王なりにレヴェリーを愛しているのだ。

それが独りよがりの愛情でも、レヴェリーが望まない形であるにしろ、ミネレーリとはまったく異なる。

ミネレーリは欠片も愛されていない。

レヴェリーは愛されている。それに気付いていないだけ。

気付いていても受け入れられないのかもしれない。

「自分の望まない形なら、それは愛ではないのでしょうかね」

己の理想をくれないのなら、それは愛ではなくエゴ。

それこそ己のエゴなのではないだろうか？

「すみません……無理に話をしていただいて……」

「気になさらないでください。私がミンティに止められても話したのですから」

「ですが！」

「ミネレーリ嬢の言う通りだよ、テーヴィア姫」

四人だけしかいない庭園にいきなり聞こえてきた青年の声に振り向けば、そこにはにこやかに佇むカクトスがいた。

「カクトスお兄様！」

「それにあまり王家の姫が臣下に謝ってはいけないよ。威厳が無くなってしまう」

ゆったりと歩いてきたカクトスはテーヴィアにそう注意する。

途端にテーヴィアはしおれた花のように、しゅんとなってしまう。

「ごめんなさい、カクトスお兄様」

「僕にもだよ。テーヴィア姫。簡単に謝ってはいけない。わかるね？」

「はい」

「いつもながらにお厳しいことですわね」

ミンティの辛辣な口調にカクトスは笑顔で「貴族としては当然だろう？」と返す。

なんというか、この二人ってそりが合わないのかもしれない。

そんなことを考えていると、カクトスはミネレーリに視線を移した。

「ミネレーリ嬢、今日は僕が君を送っていくよ」

「いいえ、お手をわずらわせるわけにはいきません。私はミンティと帰りますので」

「僕がそうしたいんだ。それに君にお願いもあったんだ」

「お願い？」

首を傾げればカクトスはミネレーリの前で膝をついて、愛を乞うように手を差し出した。

「ミネレーリ嬢、次回の舞踏会での君のエスコートを僕に務めさせてください」

きっとこの手を数多の女性達が求めているのだろうと現実逃避のような考えに至りながら、あまりの急展開にミネレーリは目を丸くして、テーヴィアを始め、ミンティとエディティも固まってしまっていた。

第三章

母と住んでいた場所に似ていたから。

多分、そのベンチに腰かけながら編み物や読書をするようになったのは、そういう理由からだった気がする。

王都に越してから、すぐに見つけたその湖の近くのベンチで休日を過ごすことが多かった。

ミンティと共に来ることもあったが、一人でここに座るのがどうしてか居心地がよく。

時折、湖を見ながら編み物の手を動かしたり、本をめくったりしていた。

カクトスと出会ったのは、そんな他愛ないある日のことだった。

いつものように一人でベンチに座り、編み物をしていた。

メイディアから教わった少し編み目を変えた手袋を編んでいて、ふと、そういえば母も手袋を編んでいたことがあったと思い出す。

とても綺麗に編まれたその完成形を見ても、なにも思うことはなかった。

母はいつもそれを父に贈っていたのだろう。

ミネレーリにその完成形が手渡されたことは一度もなかった。

けれど、ただ一度だけ母がミネレーリに渡してきたものがある。

複雑な編み目に挑戦しようとして失敗したマフラーだった。

なにを言うでもなく首にかけられたマフラーに首を傾げていると、母は珍しくミネレーリに声を発したのだ。

「やっぱり下手よね」と。

あのとき、ミネレーリはなんと答えただろうか？

どうしてだか思い出せない。

そういえばあのマフラーもどこへいってしまったのだろう？

「君、そんなところに一人でいたら危ないよ」

考え事をしていたせいで、いつものように取り繕う暇がなかった。

振り向けば馬から降りてくる洗練された振る舞いをする青年がいて。

もう少しで思い出せそうだったから、一年に一回あるかないかで、ちょっと虫の居所が悪くなったのだ。

「どちら様ですか？」

平坦に告げると、確かに驚いた顔をしていた。

名乗られた後も「令嬢が一人でこんな町外れのベンチに座っているのは危機管理がなっていない」と注意を散々受けた。

それが最初の出会いで、可もなく不可もない平凡なもの。

それなのにどうして。

リリーローザにあんなことを言ってしまった日から、考えない日はない。

ミネレーリ自身もわからないなにかが胸の内を巣くっている気がするのだ。

けれど、それが恋だという確証もないし、人が言うところの恋愛感情をミネレーリが持ち合わせているのか怪しい。

だから、ゆっくりと自身の感情と向き合っていくしかない。

どれだけの時間がかかろうとも。

そう思っていた。

だが……。


「やっぱり化けるわね。ミネレーリは」

舞踏会用にとカクトスから贈られてきた緑を基調としたドレスに身をつつみながら、考える余裕がほしいと切実に思わずにはいられない。

あのお茶会の後、リリーローザのこともあるから、カクトスと参加することは舞踏会まで隠そうとミンティが提案してきて、それにカクトスもすぐさま頷いて、舞踏会用の様々なものはガルテン公爵家に内密に数回に分けて贈られてきたらしい。

ドレスをはじめ、靴や装飾品まで色々なものが。

そんな品々を見てメイディアはなにを勘違いしたのか、ウィスティリア公爵家にミネレーリを伴侶にと望んでいるのかと聞いたらしい。

その返答は、ミネレーリのことなのにメイディアから聞かされず、「自分で確かめなさい」と言われてしまった。

今日会って聞けばいいのだが、舞踏会にはリリーローザも父も義母も来る。

さすがに後のことを思うと面倒くさいことにしかならないのは目に見えているから、気も重たくなるというもの。

僅かな救いはミンティと共に行くと告げて、別々に登城ができることだけ。

「行きたくないって雰囲気醸し出さないでよ。せっかく着飾ってるのに台無しよ」

「勝手にカクトス様と行く段取りを決めたミンティに言われたくないわ」

「あら。わたしはカクトス様の恋を応援しているだけよ」

「恋じゃなかったらどうするつもりなの」

ミネレーリの言葉にミンティは呆れたように溜め息をついた。

「ここまでされてまだそんなことが言えるなんて。カクトス様が嫌いなの？　そんな風には見えないからカクトス様に協力したんだけど」

痛いところをぐりぐりと突かれて、ミネレーリは贈られたドレスにそっと手を伸ばす。

ミネレーリにはわからないけれど、メイディアはミネレーリにとてもよく似合っていると褒めてくれた。

カクトスはミネレーリのことをよく見ているわね、と。

嫌いではないから困るのだ。

まだ整理し切れていない心が、どこにあるのか見定められていないというのに。

無表情のまま複雑な面持ちでいると、ミンティがポンとミネレーリの頭を撫でた。

「その複雑な顔の原因、帰ったら聞かせてちょうだい」

嫌だ。

「嫌は聞かないから」

恐ろしい……。

「全部顔に出てるわよ！」

そんなやり取りを繰り返すうちにカクトスが迎えにきてしまった。

ミンティに半ば無理矢理背を押されて出れば、今日も洗練された佇まいと格好をしたカクトスが、ミネレーリを見て微笑む。

カクトスに想いをよせている令嬢達が見たら失神しそうなほどに美しい笑みだ。

「よく似合っているよ。僕の目に狂いはなかったね」

「こんなに素敵なドレスを本当にありがとうございます。でも、いただいてよろしかったのでしょうか？」

「エスコートをする男性がドレスを贈るのは当たり前のことだよ。さあ、行こうか」

優雅に差し出された手に、一瞬だけ躊躇ったものの諦めて手を添える。

馬車の中での何気ない会話でカクトスの真意を探ろうとしても、上手く掴めないまま王宮に到着してしまい。

もう諦めの境地でカクトスに手を引かれて進んでいく。

カクトスを目ざとく見つけた令嬢達は、その隣にミネレーリがいるのを見て顔を青ざめさせたり、ときには奇声を上げたり。

そうして辿り着いた舞踏会の会場で、数人の青年に囲まれているリリーローザが目を見開いているのがわかって、これから起こるであろうことに、ミネレーリは頭痛を覚えないといいと願わずにはいられなかった。

噂好きの令嬢達がする話の範囲内でのことしか知らないが、カクトスがこういった舞踏会やパーティーで女性をエスコートすることは今まで一度もなかったらしい。
王弟子息で公爵家跡取り。次期宰相。
誰もがその隣を狙ってはいたが、彼に権力を振りかざせる人物などいなかった。
王家であればまったく問題なかったかもしれないが、歳の近いレヴェリーは生まれたときから婚約が決まっていたし、なによりカクトスを嫌っているようだった。

誰がカクトスの心を射止めるのか。

素行の悪い貴族の間では賭け事にもなっているらしいそのもっとも有力な候補に、ミネレーリは今日押し上げられてしまった。

「楽しいですか？　カクトス様」

エスコートした令嬢と共にファーストダンスを踊るのは通例だ。

軽やかにステップを踏みながら中央で踊るミネレーリは、カクトスがとても楽しそうに見える。

「楽しいよ。嬉しいと言ってもいいかな。女性と踊って嬉しいなんて思ったことがなかったな」

どうして嬉しいのか。

聞きたいけれど、聞くのが躊躇われる。

カクトスはどう答えてくれるのか。

楽しそうに笑う顔に嫌な気持ちは一切湧かない。

だからわからない、考えつかない。

ミネレーリの憶測だけで判断できるものではない。

そうやって逃げているだけなのかもしれないと、薄々わかっている。

けれど、どうしてもまだ駄目なのだ。

ミネレーリの沈黙にカクトスは苦笑いをするだけで許してくれた。

今は卑怯だと理解していても、この優しさに寄りかかるしかない。

ダンスを終えて中央から下がると、そこにはミンティとシェルツがいた。

二人もダンスを終えた直後らしい。

シェルツの肩が少しだけ上下していて、またミンティの無理矢理で体力を根こそぎ奪うダンスに付き合わされていたようだ。

自然と笑みが零れてしまう。

「ミンティ、もう旦那様になったのだから激しいダンスをシェルツさんと踊らなくてもいいのではない？」

「よく言ってくれたね、ミネレーリ嬢」

同意をするシェルツの足を他人にはわからないようにミンティは踏みつけて彼を睨んだ。

「わたしの夫なんだから、このぐらいできて当たり前なのよ」

意地悪に聞こえるが、これはシェルツと他の御令嬢達が一緒に踊るのは嫌だからしていることだとミネレーリは知っていた。

なんというか結婚したのだから素直になればいいのにと思うことが度々ある。

でも、シェルツもこんなミンティだからいいのだろう。

「ミネレ～リ～？」

ぱっと顔をそらして、ミネレーリは扇を広げた。

「私、少しだけ夜風に当たってまいります。カクトス様、また」

「そうだね。でも、すぐに戻ってきて。君がガルテン公爵夫人の従妹だと知っていればなにも起きることはないだろうけど、女性は僕の想像を超えることをいつもするからね」

「肝に銘じます」

礼をとり、誰もいないバルコニーに足を運ぶ。

令嬢達はミネレーリのことを気にはしていても、ガルテン公爵家の血縁者であるため、唇を噛んでいる。

それにこの場にはカクトスもいるので、下手に騒いでカクトスに嫌われる行動などとりたくはないのだろう。

テーヴィア殿下の教育係の試験で、カクトスに嫌われる行為をもう散々やっていることに気付いていないのがすごい。

バルコニーは王宮の中庭へと続いている。

さて、この舞踏会を終えた後、リリーローザと父をどうするべきかとミネレーリは思い悩む。

ダンスを終えた後に見かけていないので、もしかしたら帰ったのだろうか?

「ミネレーリ・ヤヌアール伯爵令嬢ですか？」

そんなことを考えていたせいで、バルコニーに近付いてくる男性にミネレーリは気付かなかった。

中庭に続く石階段のところに、その男性は立っている。

「……どなたですか？」

「これは失礼。私はアモル・リーベンと言います。以後お見知りおきください」

「……初めまして。ミネレーリ・ヤヌアールと申します」

暗がりから現れた優男は中々に整った容姿をしていた。

そして初めて会った青年ではなかったが、きちんとした挨拶は初めてだったので一応作法にのっとって最低限の礼節をとったのだ。

リーベン伯爵家次男、アモル・リーベン。

彼はリリーローザがデビュタントをしたときからの彼女の取り巻きの一人だった。

色々と足りない部分はあれど、リリーローザは義母に似て儚げで守ってあげたくなる美少女だ。

ある程度礼儀やマナーさえできれば問題ないという顔だけ身体だけ目当ての男性貴族がリリーローザに近付くことは、多々あった。

厄介なのはミネレーリが追い払っていたが、リリーローザに注意するように促しても「皆いい方」という的外れな回答しか返ってこず、父にそのことだけは何度も苦言を呈してきた。

アモルは独身だし、悪い噂も聞かないが、リリーローザを神聖化しすぎているきらいがある。

まあ、変なことはしない人物だろうと思って放っておいたのだが、そんなアモルがミネレーリに何用だというのだろう？

「ヤヌアール伯爵によく似ているご容姿だ。とてもお美しい」

それはリリーローザには似ていないと言っているのだろう。

「お褒めにあずかり光栄です。妹は舞踏会に来ているようですが、私になにか御用がおありでしょうか？」

暗に妹の取り巻きがなんの用だと言ってやる。

興味のない人物に無駄な時間をとられることほど面倒なものはない。

「そのご様子ですと、お父上から話はお聞きになっていないようですね。リーベン家を通して、ミネレーリ嬢に私から求婚のお願いをしているのですが」

「は？」

唐突かつ、あまりにも意味不明な内容にミネレーリは作り笑いを忘れて、いつもの無表情を晒してしまった。

いきなり無表情になったミネレーリになにを勘違いしたのか、アモルは熱弁をふるってくる。

「初めて見たときから、貴方のような方が伴侶であればと思っておりました。ミネレーリ嬢の御眼鏡に私は適わないでしょうか？」

「父からはなにも伺ってはおりません。それはガルテン公爵家が否と答えているからだと思います」

ミネレーリの婚約はヤヌアール家の一存では決められない。

確かに母が亡くなった直後は、まだ色々な負い目があった祖父母はミネレーリを伯爵家に任せるしかなかったが、すでに引き取られて十年以上経過して立場が逆転しているのだ。

祖父母が負い目を感じる原因になった母は他界していて、浮気など疑う余地もなくミネレーリは父親そっくりの容姿をしている。

逆にリリーローザのほうが浮気でできた子なのではと囁かれているのを、ミネレーリは知っている。

それがリリーローザがミネレーリから更に離れる理由になったが、人の口に戸を立てることなどできないのだ。

諦めて前を向いているしかない。

ミネレーリはそうやって社交界を生き抜いてきた。

だから、認められた。

最初は母の悪口を言う貴族が大半だったのだから。

居心地がいいとは言い難い場所を歩いていかなければならないのは貴族として仕方がないとミネレーリは思っている。

けれど、リリーローザは仕方がないという考えを持つことができなかった。

父と義母はそんなリリーローザを甘やかし許す。

そんなヤヌアール家がガルテン公爵家に物申せなくなるのは当たり前ではないか。

数年前、ミネレーリの婚約はガルテン公爵家が責任を持つとメイディアから言われたときも、父は無言で承諾するしかなかった。

メイディアがあえてミネレーリに言わない縁談話。

聞く必要も話す必要もないと判断しているのだ。

それにしても縁談の話がきたことぐらいは聞いていてもよさそうなものだが。

「ガルテン公爵家が私にすら話をしていないということは、聞かせたくない、もしくは聞かせる価値などないと思っているのでしょう。アモル様、貴方様の真意はどこにあるのですか？」

「真意、とは？」

これだけ辛辣に言っても顔色ひとつ変えないアモルに、ミネレーリは作り物の酷薄な笑みを浮かべた。

「リリーローザを女神のように信奉しているあなたが私に求婚などおかしいでしょう？　私に求婚しても貴方の利益になるものなどなにもありませんもの」

「それは違います。私にとっては利益だらけですよ」

「どこがですか？」

「ミネレーリ嬢と結婚すれば、リリーローザ嬢と縁者になれる。それは離縁しない限りは絶対です。そして、ミネレーリ嬢と私が結婚すればリリーローザ嬢はウィスティリア公爵家子息と結婚できる。彼女はきっと喜ぶでしょう。ほら！　利益だらけですよ！」

頭痛が襲ってくる。

あまりにも予想外の変化球からの攻撃だったために、痛みも半端じゃない。

アモルの言う通りにミネレーリと結婚すればリリーローザと縁者にはなれるが、リリーローザがカクトスと結婚できる保証などどこにもない。

というか、まずありえない。

ミネレーリがいなくともカクトスはリリーローザを選びはしなかっただろう。

そんなのはカクトスをよく知ればわかることだ。

「理解できません。すみません、頭が痛みますので、これで失礼いたします」

「お返事をお聞かせください。ミネレーリ嬢」

「失礼いたします」

「ミネレーリ嬢！」

突然腕を掴まれ、力いっぱい圧迫される。

無表情を変えることはなかったが、さすがに痛い。

「離していただけませんか？　このようなことをして無礼だと思いませんか？」

「お返事をまだ聞いていませんので」

「お断りいたします。ガルテン公爵家からも、そのように返事があったのでしょう？」

「私のどこがいけませんか？」

「そうですね。あえて挙げるならすべてです。正直ここまで馬鹿にされたことはありません。

今度正式にリーベン家に抗議をいたしますので」

掴まれた腕がみしみしと音をたてる。

このまま骨を折る気かと思ったが、それは突然横から伸びてきた手によって事なきを得た。

「女性になにをしているの？　君は確かリーベン伯爵家の人間だよね」

「カクトス様……」

カクトスの登場にアモルが驚いている隙に、カクトスはミネレーリの手を取って歩き出す。

掴まれた箇所は赤くなっていた。

「ごめん。遅くなった。ちょっと色々あって」

会場の中に戻ると、ミンティとシェルツがこちらを心配そうに見ている。

その傍にはリリーローザと義母もいて驚くが、その前にカクトスはいきなりミネレーリに向き直った。そうして膝をつく。

ほぼ会場の中央にきていたせいで、会場中の視線が一気にこちらに集中したのがわかった。

「あの、カクトス様……」

「ミネレーリ嬢。僕は君が好きです。どうか結婚してください」

瞬間、会場の音もなにもかもミネレーリの中から消滅して、カクトスの言葉だけで頭がいっぱいになった。

頬に走った鈍い痛みに、レヴェリーに叩かれた一撃よりも重いなと、どこか他人事のように

思ってしまう。

口の中はあのときよりも、鉄の味が酷い。

ミネレーリは拳で殴ってきた父親を一瞥して、無言でハンカチを取り出した。

血を出せば予想よりも多く、義母が悲鳴を噛み殺す。

「気が済まれましたか？　お父様」

「この恥知らずがっ……！」

なにが恥知らずなのか、ミネレーリにはわからなかった。

理不尽に娘に手を上げるほうが、よっぽど恥知らずではないのだろうか。

怒りに肩を震わせている父親を見ても、ミネレーリはなんの感情も動かされはしない。

ただ滑稽だと思うだけだ。

「恥知らずなことはなにひとつしておりませんが？　私よりもリリーローザのほうが問題があるようでしたね。リリーローザ、貴方なにをしたの？　ミンティがとても怒っていたわ」

口元にハンカチを当てたままリリーローザに問いかければ、青白い顔を更に青白くさせてリリーローザはミネレーリを見る。

父親は憤怒を隠しもしなかったが、そのミネレーリの言葉に顔色を変えたのがわかった。

舞踏会には父親も義母も出席していた。ミネレーリよりリリーローザのしたことを理解しているのだろう。

カクトスに求婚されたものの、ミネレーリはあまりのことに頭が回らなくなってしまった。

そんな様子にカクトスは返事は急がないと告げて、ミンティにミネレーリを任せたのだ。

今日はガルテン公爵家に泊まらせたほうがいいとシェルツに耳打ちまでして。

けれど、いったんヤヌアールの屋敷に帰って父親がどう行動に出るのかミネレーリは知るべきだと思ったし、避けては通れないことだと思い、心配するミンティを説得してヤヌアール家に戻ってきた。

結果は予想通りだったが。

それよりもミネレーリには気になることがあった。

ミンティが帰り際、リリーローザのことを淑女として恥ずかしいと言い、顔を顰（しか）めたのだ。

ミンティは口が悪いが公爵夫人として立派な立ち居振る舞いを心がけている。

なにか思うところはあっても、あまりにも酷くない限り本人に言うことは決してない。

リリーローザのことは昔から諦めている節があり、ミネレーリに愚痴っても、それだけだったのだ。

なのに今日のミンティの顔は、いずれリリーローザに正式に注意するという意思表示だとミネレーリは察した。

そこまでミンティが怒ることをした理由を、色々な出来事のせいで聞きそびれたミネレーリは直接リリーローザから聞こうとしたのだが。

当の本人は青ざめたまま、なにも言おうとしない。

「ミンティは貴方のことだけは私に任せてくれていたわ。けれど、今日のあの様子からすると正式に抗議をすると思わざるを得ない。公爵家からの抗議がどういうものかわかっているの？」

格下の伯爵家に公爵家からの抗議。

それがどれだけの醜聞になるかわかっているのかと暗に問えば、リリーローザの瞳から涙が零れてくる。

泣くのではなく、話を聞かせてほしい。

「だって……アモル様が……！　わたくし、気付いてほしくて……！」

まったく要領を得ない言葉に頭痛が再発してくる。

ミネレーリはなにをしでかしたのかを聞きたいのだ。

言い訳を聞きたいのではない。

「リリーローザ。なにをしたのかを私は聞きたいと言っているの」

いつもと違うミネレーリの強い口調に、大袈裟にビクついたリリーローザを見て父親が間に割って入ってくる。

「お前はまだ妹を苦しめたいのか！」

「このままでしたら正式な抗議がガルテン公爵家から届きます。私には一切関係ないことだとご承知ください」

その冷静なミネレーリの口調に父親の怒りは頂点に達したのだろう。

再度振り上げられた手を無感情にミネレーリは見ていた。

避けようと体をずらした刹那、その冷たい声は応接間に響き渡った。

「わたしの目の前でミネレーリに手を上げたら、ガルテン公爵家が黙っていませんから」

「ミンティ？」

応接間の扉の前にいたのは、先程別れたばかりのミンティだった。

その後ろでは執事が慌てた様子で父とミンティを交互に見ている。

無言で入ってきたミンティはミネレーリの傍まできて、殴られた頰を優しく撫でてくれた。

「……どうしてこうなるってわかっていて帰るなんて言ったのよ」

「避けては通れないことでしょう？」

叫び出しそうなミンティを宥めるように言うが、きっと怒りは収まらないだろう。

「わたしに聞けばよかったでしょう。リリーローザのしたことを」

それが目的で帰ってきたと思っているミンティに緩く首を振る。

そのことが、すべてではないと伝えるために。

なんとなくだが察したようなミンティは複雑な表情をしながら溜め息をついた。

「カクトス様に詰め寄ったのよ。お姉様に騙されていますって」

「……ええっと」

「舞踏会のときのことでしょ。カクトス様はお姉様に騙されているんです。目を覚ましてください と言ってリリーローザが詰め寄ったの。ミネレーリがあることないことカクトス様に吹き込んでいるってアモル様から聞いたんですって。呆れを通り越して笑ったわよ、わたし」

せっかく治まりかけていた頭痛が襲ってくる。

絶対に後で薬を飲もう。

ミネレーリは額に手を当てながら、現実逃避を試みていた。

「シェルツがカクトス様は騙されていないって何度言っても聞かないんだもの。しまいにはカクトス様の服を掴むし」

公爵家当主の言葉を否定するなんて。

顔見知りではあるけれど、シェルツは公爵家当主。リリーローザは伯爵家の令嬢だ。

ミンティと違ってシェルツは普段温厚で優しいからリリーローザは安心していたようだが、立場はまるっきり違う。

しかもカクトスと友人同士でもあるシェルツの発言を信じないとは。

それに令嬢が婚約者でもない男性の衣服を軽々しく掴むだなんて。

「で、さすがにカクトス様が怒ったのよ。令嬢にあるまじき行為だって。姉を貶める発言も聞いていいて不愉快だって」

その光景が目に浮かぶようだ。

リリーローザはボロボロと泣いていて、義母が必死に落ち着かせようとしている。

「わたしもさすがに不愉快だったから抗議しようと思ってたのよ。当然でしょ。従妹を馬鹿にされたんだから」

「わ、わたくし…………そんな……つもりじゃ……」

「ミネレーリがリリーローザを酷く言ってる？　なによ、その妄想。わたしからすればあまりにも寛大すぎる姉だと思うわ。他の御令嬢達もそう言ってるわよ。ミネレーリ嬢は苦労していますねって」

「え……？」

「ミンティ……」

目を瞠るリリーローザに、ミネレーリはミンティを止めようとするが、やめる気はさらさらないのだろう。

リリーローザに厳しい視線を向ける。

「馬鹿な男に簡単に騙されそうになって、いつもミネレーリが庇って。リリーローザの不始末もすべてミネレーリが片付けて。なのにそれをすべき父親と母親はミネレーリは姉なんだから当然だと放置してリリーローザを甘やかすだけ。ヤヌアール家でまともなのはミネレーリだけって噂が流れるほどよ。知らなかったの？」

「私の耳に入らないようにしてくれていたんでしょう？」

ミネレーリだって言われていた。都合のいい姉で、あんな風にはなりたくないと。

だからこそミネレーリの耳にそんな噂が入らないようにしてくれていたのを知っている。

結局はミネレーリの耳に入ったが、ミンティの行動はとても嬉しいと思えた。

ミンティは恥ずかしいのを隠すように、ミネレーリから顔を背ける。

「ミネレーリがなにも言わないから今まで我慢していたけど、もう限界。今日をもってミネレーリをガルテン家に引き取ります。お祖母様もご承知済みよ。それでは失礼いたします」

「……公爵夫人が勝手に決めてもいいという道理でもあるのですか？」

顔を盛大に顰めた父親を放って、ミネレーリの腕を掴んで出て行こうとしたミンティに、父親が低い声を出す。

そんな怒りの乗った声にも、ミンティは鼻先で笑い飛ばす程度だ。

「夫が話をつけてくれますわ。ねえ、シェルツ？」

「置いて行かないでほしいな。馬車を飛び出したと思ったら、すぐに見えなくなったから困ったよ」

困ったと言っているのに、全然困っていない、むしろ楽しそうに笑っているシェルツが応接間に顔を出した。

まさかシェルツまで来ているとは思わなかったミネレーリはミンティを見て説明を求めようと思うが、ミンティはすぐにこの場を去りたいのだろう。シェルツに後はよろしくと言って、ミネレーリの腕をひく。

このままガルテンの屋敷に行けば、ヤヌアール家に戻ってくることはもうないだろう。

だからなのか、ミネレーリはミンティを引き止めた。

「ミネレーリ？」

振り返って部屋の中で、未だ立ったままの父親を見ると、まだ怒りのせいか顔が赤い。

聞きたかったことがあった。

でも、きっと答えてはくれないだろうから、ずっと胸の内にしまっておいたもの。

「私を愛せないのなら、お母様と結婚などしなければよかったのに、なぜしたんですか？」

父親と義母が面白いぐらいに顔を強張らせる。

今までミネレーリはこんなことを言ったことはなかった。

押し黙る二人は話す気など微塵もないのだろう。それが答えなのだと知っていても、ずっと聞いてみたかったのだ。

「お母様が嫌ならすべてを捨てればよかっただけだと思うのは、私の甘い考えなのでしょうか？」

貴族はなにもかもそう簡単には捨てられない。

それでも王都から追いやるぐらいなら、愛せないミネレーリを産ませるなら、捨てたほうが何倍も楽ではなかったのだろうか。

父方の祖父母は亡くなるまで、いつも申し訳なさそうにミネレーリを見ていた。

いつも謝っていた。

罪悪感だらけで亡くなっていった父方の祖父母のことを、父も義母もなんとも思わなかったのだろうか。

そんなことを考えて、ふと苦笑してしまう。

ミネレーリだってなんとも思っていなかったではないか。

人並みの感情を持たないミネレーリがなにか言えるわけがない。

『お姉様！』

もう出て行こうとミンティを促そうとしたとき、記憶の底から可憐な声が蘇ってきた。

リリーローザを見れば、未だ泣いていて義母が背を擦っている。

ミネレーリが見ていることに気付いたリリーローザは、肩を震わせてますます泣いてしまう。


『お姉様！　お姉様にリリーがつくったの！』

まだヤヌアール家の屋敷に来た頃のことだ。

あまり会わせないようにしようとする義母の目をかいくぐって、リリーローザは庭園の花で編んだ花冠をミネレーリに差し出してきたことがあった。

『お姉様！　とってもにあってる！　きれい！』

躊躇いがちに花冠を頭にのせれば、無邪気に笑ってミネレーリの手を握ったのだ。

お返しにとミネレーリも花冠を編んでリリーローザに渡せば、もっと喜んだ。

『お姉様！　大好き！』


「リリーローザ、貴方は変わってしまったわね。私は貴方だけは……家族として愛していたわ」

あの頃のままでいてくれたなら。

叶わない願いだとわかっていても、寂しい。

リリーローザの顔を見ずに、そのままミネレーリはミンティと共に屋敷の前に止まっていたガルテン公爵家の馬車に乗り込んだ。

「……さようなら、リリーローザ」

決別の言葉が口から滑り落ちた。

ガルテン家の屋敷に着いて早々に父親から殴られた頬を手当てされ、メイディアに今日は早目に休むようにとミネレーリのために用意されている一室に半ば放り込まれてベッドに寝かせられた。

メイディアの言うことを聞き、素直に眠ろうと思うのだが、なかなか寝付けない。

今日の出来事が頭の中で、ぐるぐると回っている。

カクトスに求婚されたこと。

ヤヌアール家での決別。

本当に色々ありすぎて、疲れてしまっているのだろう。

そういえば頭痛の薬を飲むのを忘れていたと、起き上がり薬を取りにいこうとしたとき、寝室の扉がノックされ、ミネレーリの返事を待たずに開かれる。

「寝ていなさいってお祖母様から言われているでしょうに。なにをしているのよ」

そこには水差しとグラス、薬をトレイにのせて持ってきたミンティがいた。

「今、ミンティが持っている頭痛薬を取りにいこうと思っていたの。わざわざありがとう」

「どういたしまして。どうせ飲むだろうと思ったから持ってきたのよ。最近なにかある度に飲んでるじゃない」

照れ隠しにそっぽを向きながら話すミンティに、素直じゃないなと微かに笑う。

ヤヌアール家でもミネレーリを思って行動を起こしてくれるのにいつも恥ずかしがる。

それもミンティの魅力のひとつかもしれない。


『お姉様！』

決別したリリーローザの幼い影が、なぜだか先程と同じように思い出された。

引き摺っているわけでも、決別を悲しんでいるのでもない。

それでも、確かにあの幼い頃にリリーローザに笑顔を向けられる度に心には愛しさが灯っていたのだ。

「ミンティ…………私はミンティのことを好ましく思っているわ」

「なによ、突然？　知ってるわよ。そんなこと」

薬を差し出してきたミンティの手からグラスを受け取り、薬を飲み込んでミネレーリはひと息ついた。

「でも、大事かと問われたらわからないと答える」

思うのではなく、それはミネレーリの中での断定。

「お祖母様に関しても同じ。シェルツさんも同様ね。お父様達は私の中でどうでもいい存在だった。私は普通の人が持てる感情を持つことができない。そんな私がカクトス様の求婚を承諾していいと思う？」

「……それはミネレーリが決めることよ。それに私は昔からミネレーリのことを知ってるから。そういうのもすべてわかったうえで一緒にいるんだけど？」

呆れたミンティの目は、なにを今更と語っている。

そのことを有難いと感じてきたのは本当のことだ。

「ミンティぐらいよ。なにもかもわかったうえで一緒にいてくれるのは。けれど、カクトス様は違うわ」

感情があまり表には出ないけれど、外面は取り繕っている。ミネレーリに対して、カクトスはそう思っているはずだ。

そんな人間だったら、どれだけ簡単なことだっただろう。

幼い日に自分がおかしいと自覚してからもミネレーリは変わらない。変わる必要などないと思っているし、きっと変わることはできない。

変わることができるのならば、ミンティやメイディアに対して大切な感情を抱きたいと悩むはずだ。

それすらも今まで一度もなかった。

「ミンティ、私ね、リリーローザにカクトス様を慕っていると告げられたときになぜだか言ってしまったの。私もカクトス様が好きなのよって」

まるで珍妙な動物でも見てしまったかのようにミンティが固まった。

その姿があまりにもおかしくて、ミネレーリは笑ってしまうのを抑えられない。

「最初はリリーローザへの当てつけで言ってしまったのだと思ったわ。でも……最近それは違うんじゃないかと感じてきた。ミンティに向けるものとは違う気持ち……確かに私の中でカクトス様は特別なのかもしれない。でもね、それを恋と呼ぶのはまったく別。ミンティがシェルツさんに抱いている愛情なんてものでもない。私の中でカクトス様の立ち位置は特別かもしれないけど、宙ぶらりんの状態に近い。本当に私はおかしい人間。ね、ミンティもそう思うでしょう？」

「思わないわよ」

切り返しは速攻で、ミネレーリの言葉を否定するものだった。

ミンティの美しい顔は険しくなっていて、この話が不快だと思っているのが、ありありとわかる。

それでも今日は止めることができない。

「ミンティぐらいだと言ったでしょう。わかったうえで一緒にいてくれるのは。でも、他の人は違うの。逃げ出す人もいたわ」

昔のお手伝いさん達のミネレーリを見る表情は、微かだが覚えている。

母の狂っていく行動のせいで辞めていくお手伝いさんの中には、ミネレーリが嫌で辞めていった人もいたはずだ。

「カクトス様も逃げ出すわ。本当の私を知れば。だったら、私は求婚を承諾するべきでは」

バン！　といきなり大きな音がしてミネレーリは口を噤んだ。

ミンティが机を両手で思いっ切り叩いたのだ。さすがに不快にさせすぎたかとミネレーリが思っていると、ミンティはミネレーリの傍までやってきて、頬を両手で強く押さえた。

「あ〜〜叩いてやりたいけど、二重に怪我を負わせることはできないしムカつくったらないわ！　いい？　これから言うことを忘れずに記憶しなさい！　いいわね！　ミネレーリは怖がっているだけよ！　カクトス様に嫌われるのを！」

「え……」

「本当に興味がなかったら、ミネレーリだったらすぐに対処して終わり！　忘れちゃうの！　簡単に！　もうあっさりと！　昔から一緒にいるんだからこれは事実！　お祖母様だって知っていることよ！　それなのにカクトス様のことだけはうじうじしてばかり！　これがどんな意味かわかる⁉　たとえ恋じゃなくても愛じゃなくてもミネレーリの中でカクトス様は特別なの！　嫌われたくない相手なの！　そんな相手が現れたことすら奇跡なのよ！　ミネレーリには政略結婚しかないと思っていたのに！」

「政略結婚は貴族の大半がしていることだから、別に抵抗などないわ。愛などいらないなら、なお楽だし」

「愛のない結婚が嬉しいなんて言うミネレーリだから心配だったのよ！　そんな貴方がカクトス様にだけは違うの！　これはすっごく重要なことなの！　求婚を無理に承諾しろとは言わない！　それでもカクトス様は嫌われるのが怖い相手なんだってこと自覚しておきなさい！　いいわね！」

「……怖い……？」

「い・い・わ・ね！」

強制的にミネレーリの首を縦に振らせるミンティの顔を見ながら、ミネレーリは呆然と呟いていた。

第四章

コンコンと開かれた扉を叩く音に顔を上げると、そこにはにやついた顔をしたシェルツが立っていた。

わざわざ開けてある扉をノックなどしなくても声をかければわかるというのに。

「なんの用だ、シェルツ？」

「仕事のついでによってみたんだ。聞きたいことが色々とあったからな」

「自分にはないと言いたいが、それでは納得しないのだろう？」

書類に走らせていた手を止め、ペンを置くとシェルツは満足げに頷き扉を閉めた。

人に聞かれて困る内容でもないというのに。

「わざわざ閉めるのか」

「いや、率直にお前の本音が聞きたくてな。本当にミネレーリ嬢が好きで求婚したのか？」

至極当たり前のことを真剣な面持ちで聞いてくるあたりがこの男の妻にそっくりだ。

「当たり前だろう。そうでなければ僕があそこで結婚してほしいと伝えるわけがない」

「まあ、そうなんだがな……」

頭をかきながら、ソファにもたれてなんともいえない顔をするシェルツに、そんなに信用ならないのかと睨んでしまう。

それに気付いたシェルツは慌てて手を左右に振る。

「信じていないわけじゃないさ。お前が女性に対してあんなことを軽々しく言わない人間だと知ってるからな。だからこそミネレーリ嬢に惹かれた経緯が気になってな」

「公爵夫人に探ってくるようにでも言われたか？」

「これは単純に俺の興味だよ。数多の女性を虜にしても誰にも心奪われなかったお前が夢中になっている女性が俺の妻の従妹という偶然もあるしな」

やはり己のためだったかと、察してはいたが呆れてシェルツの向かい側のソファにカクトスは腰を下ろす。

「………彼女に望まれることほど幸せなことはないと思ったからだよ」

恥ずかしさも相まって数秒の沈黙の後に答えれば、ぽかんとしたシェルツの顔が目の前にあった。

「カクトスにそこまで言わせるミネレーリ嬢はすごいな」

「答えは聞けたんだろう。とっとと帰れ」

「いや、まだ出会いを聞いていない」

そこまで誰が話すかと応酬を繰り広げるカクトスとシェルツは楽しそうに笑い合っていた。

父親に殴られた頬は酷く腫れ、ミネレーリはレヴェリーに叩かれたときより十日も長く屋敷の外には出られず、静養を余儀なくされた。

その間に行われた、ヤヌアール家との話し合いをメイディアがすべて済ませ、ミネレーリは正式にガルテン公爵家の一員となり。

話し合いの席は、さながら戦場だったとシェルツは笑っていた。けれど、圧倒的勝算はガルテン家にあったのは確実で、勝利したよとウインク付きで微笑むシェルツを鬱陶しいとミンティは蹴り倒していた。

色々な問題が片付いていくなかで、人前に出られない事情をカクトスに伝えたところ、毎日のように贈り物がガルテン家に届き。

贈り物を手渡される度にミンティの言葉を思い出して、ミネレーリは複雑だった。

贈り物には手紙などは一切添えられていない。

ミネレーリに気を遣わせないように。

そんな配慮が十分に見えて、どうしたらいいのかわからなくなる。

恋や愛とは違う。

けれど、嫌われたくはない人。

確かにそんな人はミネレーリにとって貴重な存在だろう。

けれど、求婚をしてきている相手に失礼なのではないだろうかとも思うのだ。

きっとカクトスはミネレーリが、待ってくれと言えば待ってくれる。

それでも答えが出なかったら？


「すごい顔してるわよ。今までに見たこともない顔だから面白いと言えば面白いけど」

ミネレーリが悶々と考え込んでいると、夕食を運んできたミンティが笑ってくる。

「自覚しなさいと怒ったのはミンティだったと思うのだけど？」

「言ったわね。でも、そこまで考え込めとは言ってないわ。ミネレーリがそこまで考えるとは思わなかったもの。……もう答えは出ているようなものなのにね」

最後のほうの声は小さくて聞き取れなかったミネレーリだったが、ミンティが特に気にした様子もないので自分に向けた言葉ではなかったと思い、遅めの夕食をとろうとした。

「あ、待って！　ミネレーリ、今週中には医者から外に出てもいいって許可が下りそうって言ってたわよね」

「ええ。腫れもだいぶ引いたし、後三日もすれば痛みもなくなると思うわ。お祖母様が少し大袈裟に言ってしまったから、お医者様も今週は屋敷から出ないように言っているだけだし」

ほとんど治っているガーゼが貼られた頬を擦れば、じゃあ、とミンティは続ける。

「来週の最初の日なんだけど、テーヴィア殿下がミネレーリに会いたがっているのよ。城に上がる準備をしておいて」

「テーヴィア殿下が？」

「そう。従兄のカクトス様がミネレーリに求婚したことを知って、ぜひお会いになりたいんですって。経緯とか聞いてみたいんじゃないの？」

固まったミネレーリにミンティは意地の悪い笑みを浮かべる。

「わたしも聞いてみたかったしね。そういうことミネレーリは絶対話してくれないけど、テーヴィア殿下にならら話すだろうから」

「……ミンティはその場にいないでほしいわ」

「無理な相談ね〜」

テーヴィアがミネレーリに会いたいと言っているのであれば会わなければいけないし、カクトスとのあれこれも隠し立てはできないだろう。

でも、ミンティには知られたくない。

テーヴィア殿下に二人きりになれないかお願いしてみようか。

「二人きりでなんて考えないことね。わたしも同席しますってテーヴィア殿下には、もうお伝えしているから」

従姉は恐ろしい魔女かもしれない。

「なにか失礼なこと考えたでしょ？」

こ・わ・い。

「ミネレ～リ～」

優しく微笑む顔をつくるミンティのきつい眼差しを避けて、食事を口に運ぶ。

そんなミネレーリに、睨み続けていたミンティは諦めたのか溜め息をつく。

「そういえば、最近城に上がる度にブラインド王国の使者が出入りしているのよね。ゴタゴタの後片付けだとは思うんだけど、レヴェリー殿下には会わないようにしていてほしいわ」

「まだ元王太子様のことを想っていらっしゃるのかしら？」

「そうみたいよ。近頃は大人しくなったそうだけど、前までは日に何度も元王太子様の名前を叫んでは暴れていたそうだから」

そこまでレヴェリーを突き動かす感情がミネレーリには理解できない。

恋をしていた。

それだけで狂うほど人に執着できるのはどうしてなのかと思ってしまう。

母もどうして、自我を失くすほど父を恋うていたのか。

食事をしながらも、ミネレーリは母とレヴェリーを交互に思い出しては考え続けていた。

でも、レヴェリーは母とは違う道を行く。

元王太子とはこれから会うこともないのだし、時間がかかっても、前を向いていくだろう。

そうミネレーリは思っていた。

それが浅慮(せんりょ)だとは思いもせずに。

間違いだと気付いたのは、頬の腫れが引き、テーヴィアに会うために登城したときだった。

ミンティはテーヴィアに社交を教えるためにすでに城に上がっていた。

そのためミネレーリがガルテン公爵家の馬車に乗り一人で城へと着いたとき、ミネレーリを待っていた人物がいた。

「レヴェリー殿下……！」

驚いたのも束の間、ミネレーリの姿を見つけると、レヴェリーは駆け寄ってきた。

礼をとると、すぐに「まあ、顔を上げて！」と涼やかな声がかかる。

以前話しかけられたときの声は綺麗だったが、硬く他者を値踏みするような高圧的なものだったのに、今日は優しく穏やかで、あまりの違いにミネレーリは顔を上げる瞬間に気を引きしめた。

驚きすぎて粗相をしないようにと。

レヴェリーはにこにこと満面の笑みを浮かべていた。

まるで幼子のようでいて、女性らしい艶やかな笑み。

ミネレーリは背筋になにか冷たいものでも押し当てられたような感覚がした。

だって、この笑みは……。

「先日のことをどうしても謝罪したくて待っていたのよ」

「……恐れ多いことでございます。すべては私の落ち度が招いたこと。レヴェリー殿下がお気になさることなど、なにもございません」

「そういう謙虚なところは素敵だけれど、わたくしの立場もあるのだから謝らせて？　本当にごめんなさいね」

謝罪を受け取っている間、ミネレーリの手は微かに震えていた。

記憶の片隅で眠る箱の中で、レヴェリーと同じ顔をした人が笑っている。狂喜している。

『旦那様！　旦那様からの手紙！　きっと許してくださったんだわ！』

「わたくし色々と考えて反省しましたのよ。今度ゆっくりとお話でもしましょうね。ヤヌアール伯爵令嬢、いいえ、今はガルテン公爵令嬢でしたわね」

「レヴェリー殿下……！　不躾なことを伺うことをお許しください。その、なにかとても嬉しいことがおありになったのでしょうか？　とても……輝いていらっしゃるので……」

「まあ！　ガルテン公爵令嬢はお世辞がお上手ね！　ふふふ、秘密ですわ」

なにかを言わなければいけない。

けれど、なにを言えばいいのかわからない。

見当もつかない。

ミネレーリが乾き切った口を開きかけたとき、レヴェリーの従者から声がかかった。

「あら、もうなの？　残念ね。またお話ししましょうね」

「……勿体ないお言葉です」

軽く手を振り去っていくレヴェリーを呆然と見送り、ミネレーリはその場から動けずにいた。

いつの間にか迎えにきていたミンティが顔の近くで手を振るまで、ずっと。

「どうしたのよ？　恐いものでも見たような顔をして」

「……ううん。ごめんなさい、ミンティ。行きましょうか」

「それが今日はテーヴィア殿下の時間がなくなってしまったのよ。だから後日にしましょう」

「え？　急な公務でも入られたの？」

「違うのよ。実はね……」

ミンティは辺りを一瞥して、声を落として扇で顔を隠しながらミネレーリに耳打ちする。

「レヴェリー殿下がテーヴィア殿下に謝罪したいとおっしゃって、茶会をすることになったらしいの。二人きりで」

声が出ない。

いや、それよりも上手く息ができているかも怪しい。

「テーヴィア殿下がすごく喜ばれてね、申し訳ないけど今日の予定をキャンセルしたいとおっしゃったのよ。まあ、仕方ないわよね。それにしてもレヴェリー殿下にいったいどんな心境の変化があったのかしら？　気になるわよね。ミネレーリ？」

一向に話に相槌を打ってこないミネレーリをミンティは訝しむ。

「……お茶会って、どこでされるの……？」

「レヴェリー殿下が謹慎させられていた離宮でよ。ほら、前にミネレーリに教えたことがあるでしょう、って、ミネレーリ!?」

その場所を思い浮かべて、考えるよりも先に足が動いていた。

確証など、どこにもない。

それでも頭のどこかで酷く鳴り響いているのだ。

危ない、と。

レヴェリーとテーヴィアが危ないと。

走ることは令嬢として恥ずべき行動だ。

けれど、それでも走らなければいけないと体が言う。

ミネレーリが走っている姿に目を瞠る騎士や侍女を無視して離宮に辿り着いたとき、甲高い悲鳴が離宮に響き渡った。

悲鳴が上がったのは離宮の中庭のほうからだった。
茶会をするにも、うってつけの場所。
人払いをしているのか離宮に入ってから、侍女や騎士を見ていない。
本来そんなことはありえない。

離宮とはいえ王宮内なのだ。

でも、レヴェリーがテーヴィアに謝りたい。話したい。誰にも話を聞かれたくないと陛下に懇願していたとすれば。

ミネレーリが中庭に転がり込むように到着したとき、ミネレーリ以外にその場には三人いた。

「テーヴィア殿下！　レヴェリー殿下！」

二人きりでとミンティが言っていたのだから、テーヴィアとレヴェリー以外に人がいるのはおかしい。

この場にいてはいけない人物。少し乱れた髪の薄汚れたその青年は、元は煌びやかだっただろう装いをすべてぶち壊す狂った瞳をしていた。

「バルムヘルツ様……!?」

その青年に相対させられる形で向き合っていたテーヴィアが口にした名前に、ミネレーリはさすがに驚きを隠せなかった。

バルムヘルツ・ヴィ・ブラインド。かつてのレヴェリーの婚約者であり、ブラインド王国の元王太子。

あの騒動の後、王太子として廃嫡され、生涯幽閉の身となったはずの人物がなぜクラウスにいるのか。

けれど、考えるよりも先に動かねばならない現状が目の前にある。

バルムヘルツはあろうことか短剣を持ち、テーヴィアに詰め寄る格好でいた。

そんなバルムヘルツとテーヴィアを見ながら、バルムヘルツの後方でレヴェリーは膝をついて呆然としている。

バルムヘルツは今ここに来たミネレーリに一向に目を向けることもなく、じりじりとテーヴィアとの距離を詰めようとしている。

「迎えに来たんだ！　テーヴィア姫！　さあ、僕と共にブラインドへ行こう！」

愛おしげに差し出される手にテーヴィアの肩が震える。

「テーヴィア殿下！」

「ミネレーリ様……！」

ミネレーリ自身驚くほどの動きでテーヴィアの前に躍り出ていた。

背に隠したテーヴィアは、ミネレーリの腕を掴むが、微かに震えが伝わってくる。

「誰だ!?　貴様は!?　僕とテーヴィア姫の時間を邪魔するな！」

正気の色を持たない瞳で激昂してくるバルムヘルツに、ミネレーリは恐怖を覚えなかった。

体がすくむこともなく、ミネレーリは口を開く。

「私はクラウス公国公爵家のミネレーリ・ガルテンと申します。貴方こそどちら様でしょうか？　ここは王宮ですよ」

「どちら様だと!?　僕はブラインド王国の王太子・バルムヘルツだ！　テーヴィア姫の前からどけ！」

力の限り叫ぶバルムヘルツに、ミネレーリは首を傾げる。

「ブラインド王国の王太子様はそのようなお名前だったでしょうか？　私の記憶では違うお名前だったような」

「……バルムヘルツ様から第二王子様に王太子は替わっています。ミネレーリ様の記憶違いではありません……！」

怯えながらも必死に告げてくるテーヴィアだったが、バルムヘルツが納得するはずもなかった。

「なにを言っている！　僕がブラインド王国の王太子だ！　お前！　不敬罪で捕らえるぞ！」

血走った眼でミネレーリを睨みつけてくるバルムヘルツに、ミネレーリはまともな会話は不可能だと察した。

同時に疑問が浮かぶ。どうして廃嫡された王国の王太子が公国にいるのかと。

そして、疑問はすぐにある結論へと達し、ミネレーリはバルムヘルツの後ろで未だ動けないでいるレヴェリーを見る。

「まさか………レヴェリー殿下…………ブラインド王国から逃げ出してきた、この方を匿（かくま）われたのですか？」

「姉様……!?」

そう考えると色々な辻褄が合ってくる。

ミンティは最近城に上がる度に、ブラインド王国の使者がいると言っていた。

それは蟄居を命じられたバルムヘルツが逃げ出したことで、公国にも連絡を再三入れていたとすれば。

なによりも先程のレヴェリーの、あの笑顔。

一日に何度もバルムヘルツの名を叫び暴れていたレヴェリーが大人しくなった理由。

「…………バルムヘルツ、さま…………」

今までレヴェリーの口から聞いたことのない、想像すらできない、か細い声が漏れる。

「…………愚かなことをして、気付いた、と…………。真に愛しているのは、わたくしだと…………おっしゃって、くださいましたわよね…………？　テーヴィアに、謝りたいと、おっしゃって…………だから」

「ああ、好いているよ、レヴェリー」

バルムヘルツの言葉にレヴェリーは曇っていた顔を輝かせたが——。

「僕を愛して、なんでも言う通りにしてくれる都合のいい君をね。笑いたいぐらいに！」

嘲って声を上げるバルムヘルツの顔は醜く、そして汚い生き物のようにミネレーリには見えて仕方がない。

同時に胸の内に激しく荒ぶる波があるのを感じたミネレーリは、その初めての感情に戸惑う間もなく、口から低く唸るような声が出ていた。

「どこまで……！　どこまで貴方はレヴェリー殿下を愚弄しているのですか……！」

バルムヘルツは己を慕い、盲目なほどに愛をそそぐレヴェリーを笑った。その眼は、顔は、愚かだと罵っている。

ミネレーリにはバルムヘルツが父と重なって見えた。

母に見向きもせず、最悪な方向へしか物事を進ませられなかった父。

母はあんなに待ち焦がれていたのに！

父しか見ていなかったのに！

「黙れ！　たかが貴族令嬢風情が！　そこをどけ！」

どくことなどできるはずもないし、する気もない。

バルムヘルツを睨みつけるミネレーリの態度が気に食わないのか、じりじりと距離を詰めてくる。

そのとき、バルムヘルツの後ろでなにかが陽の光に反射してきらめく。

レヴェリーの姿を認識して、あっという間の出来事だった。

「ごふあっ⁉」

目の前で腹を剣に貫かれたバルムヘルツは、口から血を吐き出した。

まるで劇場で演劇を見ているように、ゆっくりとその光景が動いて、目に焼き付く。

腹から剣が抜かれた瞬間、崩れ落ちるバルムヘルツを血に濡れた剣を持ったレヴェリーが空虚な瞳で見つめていた。

「きゃあああああああーー！」

テーヴィアの悲鳴が、まるで遠くから聞こえてくるような気がミネレーリにはした。

剣を放って倒れたバルムヘルツに駆け寄ったレヴェリーは、満面の笑みを湛えている。

「レ、ヴェ……リー……！」

「大変ですわ、バルムヘルツ様。手当てをしないといけませんわね」

そう言って、バルムヘルツから短剣を奪い、レヴェリーはそれを思い切り掲げる。

「レヴェリー殿下⁉」

振り下ろした瞬間、ぐちゃっと嫌な音が耳に残る。

「ぐうっあっ⁉」

「……姉様……⁉」

「テーヴィア殿下⁉」

ミネレーリの腕を掴んでいたテーヴィアの手が離れ、体が後ろへと傾いたのをなんとか支えたミネレーリは、テーヴィアが気絶しているのを確認して、そっと体を綺麗だと思われる場所に横たえた。

そしてレヴェリーに振り返ったミネレーリは、そっと手を伸ばす。

「…………レヴェリー殿下、その剣を私にお渡しください」

バルムヘルツの心臓を破壊したであろう短剣は、未だレヴェリーが握っていた。

手を伸ばすミネレーリなど眼中にないのか、レヴェリーは歌を口ずさんでいる。

バルムヘルツの体から流れる血は、レヴェリーの美しいドレスを赤に染め上げていく。

「レヴェリー殿下……！」

「ほんとうはね、わかっていたのよ」

ふふっと楽しそうにレヴェリーは笑う。

「わたくしが一番ほしい愛をくれるのは、テーヴィアだけだと。でも、ほんとうにほしい人からでないと満足できないの。わかってくれるでしょう？」

「レヴェリー殿下！」

最早ミネレーリの口から出るのは悲鳴に近い呼びかけだった。

一刻も早く手にしている短剣を捨ててほしい。

レヴェリーがなにを思っているのかわかるのだ。

だから、早く……！

「だめよ」

軽やかに唄うようにレヴェリーは言う。

「わたくしを誰かと重ねている人の手は取りたくないわ」

刹那、ミネレーリの伸ばしていた手が体ごと震えた。

目を瞠ったミネレーリにレヴェリーは幸せいっぱいの表情で微笑む。

レヴェリーの首筋から血しぶきがあがったのは、ミネレーリが逡巡している僅かの間だった。

笑顔のままバルムヘルツの体の上に折り重なるレヴェリーを見たのが最後だった。

「ミネレーリ嬢!?」

意識が急に暗転する前、ミネレーリを呼ぶカクトスの声が聞こえ、温かい腕に支えられた気がした。

でも、それすらわからなくなる。

意識が急激に薄れていくなかで思い出したのは、母の姿。

冷たくなった母の顔は、レヴェリーと同じように確かに笑っていた。

偶然だった。

それを聞いてしまったのは。

その日はリリーローザと義母はオペラの観劇に行っていて、比較的自由に屋敷内を動くことができる日だった。

ミネレーリ自身気にはしていないが、面倒なのも嫌なので、父達の部屋がある辺りには近付くことは普段しない。ミネレーリの部屋は屋敷の奥の奥にあり、故意に父が遠ざけたのだと引き取られたときからわかっていた。

それすらも興味がなく、最初は不憫な目でミネレーリを見ていたメイド達はミネレーリのあまりの父達への関心の無さに、ひそひそと噂話をするようになって。

本当は強がっているだけだという意見と、いや、母親を死に追いやった父を憎んでいるのではという意見に最終的に分かれていたが、どれも違う。

父に興味がなかった。

義母にはそれ以上に。

リリーローザには……不思議と愛おしさがあったが、もう忘れてしまって思い出せない。

ちなみに噂をミネレーリに教えてくれたのはミンティだった。

ちょっとメイド頭をつつけばすぐに話してくれたと笑っていたけれど、ミンティを見る度に怯えるメイド頭を見て脅したのだなと嘆息した。

そのことを思い出して、ミンティにはあまり過激なことはしないように頼むしかないか、でも聞いてはくれないだろうと思いつつ書庫から自室へと一番近い応接間の前を通ったとき――。

『もうここに来るなとは、どういうことだ!?』

いつもは父とすれ違うのを避けるために通らない廊下だった。

その日は二人が出かけているために書斎にこもって仕事をしているのだとメイドが言っていたから。

廊下の前方に見える応接間から、何度か聞いたことのある男性の怒声が聞こえたのだ。

ゲヴィヒト・ペザンテ子爵。

父と義母の旧友で、父と同じ歳なのに未だに結婚をしていない貴族としては珍しい人物。

子爵家は事業を手広くやっていて、資産もかなりのものだと小耳にはさんだことがある。女遊びも激しいから、結婚をする気がないのかもとお金を食い潰して破産寸前の貴族が負け惜しみで嘲るように言っていた。

けれど、それは違うとミネレーリは知っていた。

ペザンテ子爵は義母に好意を抱いている。

そんなのは最初に出会ったとき、義母に向ける恋慕の視線ですぐに気付いた。

おまけに子どものミネレーリを睨んでくるので、母に対して、よほどいい感情を持っていないのだとも。

お見合い話もたくさんあっただろうにペザンテ子爵はすべて断り、義母だけを瞳に映す。

愚かだけれど、義母に無理強いをしたくはないのか気持ちを打ち明けることはなかったようで、ペザンテ子爵にいつも義母は麗しく微笑んでいた。

父はペザンテ子爵の想いを理解していたくせに放置の姿勢で。

きっと優越感というのもあったのかもしれない。

爵位は上なのに財力では劣る友に対する。

そんなペザンテ子爵は義母によく似ているリリーローザを大変に可愛がっていた。

毎月リリーローザにはペザンテ子爵から贈り物が届き、それはどれも高価なもので。

けれど、その贈られてきた物を抱きながら笑うリリーローザに危機感を抱いたのは、数年前からだっただろう。

年々義母に似てくるリリーローザに向けるペザンテ子爵の目が、なにか気味の悪いものを孕んでいるとミネレーリは感じ取り、父の了承を早々に取り付けて、リリーローザとペザンテ子爵の距離を離した。

『おじ様は素敵な方なのに、どうして近付いてはいけないの？』

リリーローザは不満そうだったが、父も反対していると言えば納得はしないもののミネレーリの言葉を聞いてペザンテ子爵とは会わなくなった。

けれど、ペザンテ子爵はそれに抗議をしてきて。

何度も何度も義母とリリーローザがいないときを見計らって、父と話し合いの場が設けられていた。

『言葉の通りだ。もう話すことはなにもない。今後一切ヤヌアール家とは関わらないでくれ』

父の硬い声が聞こえる。

話し合いが平行線になるのは目に見えていたし、いずれこうなることもわかっていたが、タイミングが悪いとミネレーリはげっそりとした。

『私が気付いていないとでも思ったのか？　お前がリリーローザに向ける邪な目を』

『……っ！』

『お前が妻に長年想いをよせているのは知っていた。だが、それを告げることは一切せずに私達に接してくれていたから、付き合いを続けてきたのだ』

白々しいと思わずにはいられなかった。

優越感に浸りたいから、危うい関係を続けてきたの間違いだろうにとミネレーリは思う。

『だが、まさかリリーローザを身代わりにしようとしているとは思わなかった』

『違う！　そんなつもりなどない！　彼女は彼女でリリーはリリーだ！』

『娘を愛称で呼ぶな。吐き気がする』

『わたしがどれだけお前に力を貸してきたと思っているんだっ！　そのわたしにこの仕打ちか!?』

『いつも感謝していたさ。それは言葉にもしていたし、礼もしていたはずだ。その気持ちを無下にされるとは思わなかったぞ』

『だから、違うと言っているだろう！』

『違わない。さあ帰れ』

『あの娘か!?　あの娘がお前にあることないこと吹き込んだんだな!?』

平行線の会話を続ける二人の話に、突然ミネレーリが登場させられて軽く目を瞠ってしまう。

あの娘などとペザンテ子爵が指すのは、この場においてミネレーリしかいない。

八つ当たりもここまでくれば滑稽の極みだ。

もう気持ちの悪い会話など勝手にやってくれと、ミネレーリが応接間を通り抜けようとしたときだった。

『あの娘はわたしを恨んでいるんだ！　あの女から贈られた雑巾のようなマフラーを目の前で暖炉に放り込んでやったときから！』

足が止まった。

その後も応接間からは耳障りな大声が響くが、もうミネレーリの耳には入ってこない。

崩れていた記憶が形をなして、ミネレーリのもとへと戻ってくる。

忘れていた。

そういえば、あのマフラーはペザンテ子爵に暖炉に放り込まれたのだ。

放り込まれても顔色ひとつ変えないミネレーリを気味の悪そうな顔をして見た後、思っていた反応が得られなくて悔しそうにミネレーリの前から去っていった。

燃えてゆくマフラーをミネレーリは、ただただ見つめて。

忘れていた。

忘れるような些細なことだった。

なのに…………。

気付けばミネレーリはいつも訪れる湖の近くのベンチに腰かけていた。

読書をするでもなく、編み物をするでもなく。

ミネレーリは湖を見ながら、漣(さざなみ)のように波紋を広げている心を持て余していた。

あのマフラーを母から渡されたとき、父への贈り物だとわかっていても、失敗したからミネレーリに渡されたとわかっていても、胸になにか温かいものがあった。

あのなにかがミネレーリにはわからない。

けれど、それが今ミネレーリを蝕んでいる。

温かさではなく、黒い靄(もや)になって。

わからないから。

どうしてなのか、わからないから。

『君は忠告を聞かない人だね』

ふと気付けば、馬の手綱を握りながら、呆れ顔でこちらにやってくるカクトスがいた。

『こんなところに一人でいたら危ないと注意したはずだけどな、僕は』

『……申し訳ございません』

最低限の礼をとり、けれど心はうわの空だった。

そんなミネレーリを見抜いたのだろう。

『どうかした？　なにか様子が変だけど』

『いえ………なんでもありません。お気になさらないでください』

否定の言葉を紡いでも、カクトスは信じていないのか難しい顔でミネレーリを見ている。

早くここから立ち去ってほしい。

立ち去らないいならミネレーリが立ち上がればいいだけだ。

そう思うのに、体が動いてくれない。

離れない。

離れられない。

答えがもうすぐでわかりそうで、でも、その答えを知るのを躊躇っている気がした。

カクトスから視線をずらして湖に向けると、母が亡くなった日のことが思い出されてくる。

そういえば、母を探しに出た朝方もこんな風に落ち着かない気持ちではなかっただろうか。

『君が思い出しているのは大切な人なんだね』

『……たいせつ、な人……？』

カクトスに目を向ければ、優しく微笑んでいた。

『最初にここで会ったときと同じ表情をしているよ。大事な人を思い出しているんだよね』

ミネレーリにとって母とは希薄な存在だった。

今も昔もその事実は変わりようがない。

『……ありがとうございます。あの、お母さん……ずっと……』

記憶の蓋が無理矢理にこじ開けられる。

マフラーを渡されたとき、ミネレーリは言いたいことが最後まで言えなかった。

ずっと？

なにも母に求めてはいなかった。

だって母が求めているのは父だけだったから。

そんな母を傍で見て。

なのに、ミネレーリは確かに母への願い事を口にしようとした。

ただ………。

『どうしたの!?　ミネレーリ嬢!?』

いつの間にか目からは大粒の涙が零れていた。

急に泣き出したミネレーリに慌てるカクトスを気遣うふりすらできないまま。

ミネレーリはずっと声も上げずに、泣き続けた。

母に願ったことはひとつだけ。


一緒に居てほしい。


ミネレーリはそう言いたかったのだ。

ミネレーリを見なくても、狂っていても。

一緒にいてくれれば、それだけで。

でも、言えなかった。

母は父しか見ていなかったから。

それがわかっていたから。

涙は止まることはないのに、嗚咽は一切出なかった。

カクトスがいるから俯いて止めようと必死だったが、泣きやむまで随分と時間がかかってしまって。

その間、カクトスはミネレーリの傍らでなにも言わずに立ち続けていた。

『わたくしを誰かと重ねている人の手は取りたくないわ』

「レ、ヴェリー、殿下……」

「ミネレーリ⁉　目が覚めたの⁉」

視界に入ってくる光が眩しくて、ミネレーリは目を細める。

ぼやけた輪郭しか視認できなかったが、傍にいてくれたであろうミンティの泣きそうな声が聞こえて。

重たい瞼がまた閉じようとする。

その通りです、レヴェリー殿下。

私は貴方様に母を重ねていたのです。

眠りに落ちていくと感じながら、ミネレーリは一滴、瞳から溢れるものを止めることはできなかった。

最終章

鮮烈と言うには強固で、奈落の底というにはあっという間。

それが僕が恋したミネレーリ嬢だった。

王都の端にある、あまり人が来ない湖の傍にあるベンチに腰かけている女性を見かけたのは偶然で。あまり人が来ない場所だからと注意をしたのが出会いだった。

「どちら様ですか？」

あまりの無表情に呆気にとられ、名乗ると一瞬にして張り付けた笑みを見せられて、おかしくておかしくて笑いそうになるのを堪えるのに必死になり。

告げられた名前に、彼女が噂のと内心思った。

ミネレーリ・ヤヌアール伯爵令嬢。

ガルテン公爵夫人の従妹で、ヤヌアール伯爵家の尻拭い担当。

いつもなにも考えていないふわふわした妹の世話を焼き、けれど家族仲は良好ではなく。

お可哀相と令嬢達が笑いながら話しているのを、何度も見てきた。

見下しているのを隠そうともしないのにお可哀相と口にする女の醜さは滑稽で。

まともな女性と結婚したいと思っているだけなのに、自分の周りにはそういった吐き気がするような女性しか寄ってこない。

優秀だと称賛される仕事ぶりも、男に羨ましがられ嫉妬される容姿も、すべてが女運の悪さで帳消しにされているようだ。

自分に興味のない女性。

最初はそこからのほんの僅かな興味。

それだけだった。


二度目に会ったのも同じ場所で、再度注意を促すも様子がおかしかった。

お気になさらないでくださいと言われても、はいそうですかと去るわけにもいかず。

早く立ち去ってくれと全身で訴えていたけれど、できるはずもない。

湖に視線を向ける彼女の瞳は戸惑っていて、そして強く焦がれているように見えた。

誰かを待っているのかもしれない。

ふとそう思ったけれど、ミネレーリ嬢を迎えに来るのはガルテン公爵夫人ぐらいしか思い当たらない。

待っているのではないなら。

ミネレーリ嬢を再度見ると、焦がれる眼差しの中に必死さが垣間見えて。

「君が思い出しているのは大切な人なんだね」

そう口に出していた。

ああそうか、誰かを思い出しているんだと。誰かを焦がれるほど思い出そうとしているのだと理解できた。

思えば最初に出会ったときも彼女は僕が話しかけるまで、こんな目をしていたように思う。

「最初にここで会ったときと同じ表情をしているよ。大事な人を思い出しているんだよね」

数分の間があったかどうか、定かには覚えていない。

ミネレーリ嬢の瞳から大粒の涙が零れ落ちてきたのは。

「どうしたの⁉　ミネレーリ嬢⁉」

嗚咽を出すこともなく涙を零す彼女は僕に言葉をかける余裕がないのか黙ったまま、ただ一点を見つめて泣き続けて。

焦がれるような目はなにかを求めるような目に変わっていた。

羨ましいと心が叫び始め、それは徐々に徐々に強くなっていく。

こんなにも焦がれるように求められたい。

強く強く。

彼女自身気付かないほど強く。

今のように。

それはどれだけ幸せなことなのだろう。

彼女に望まれるのは、きっと誰よりも幸せだ。
泣き続けるミネレーリ嬢の傍らに立ち続けながら、僕は彼女から視線を逸らすことができないでいた。

ミネレーリが目を覚ましてから数日後、王都では厳かにレヴェリーの葬儀が執り行われた。
ブラインド王国の元王太子、バルムヘルツのことは伏せられたまま、公には事故として発表され、王家の墓に埋葬されるレヴェリーの棺を、ミネレーリは凝視し続けた。

『ほんとうはね、わかっていたのよ』

あのときの声が、耳にこびりついて離れない。
何百人もの貴族が集う中で、その場にいて事の顛末(てんまつ)を知っているミネレーリに視線が多く注がれたが、ミネレーリがそれを気に留めることはなく。
土がかけられていく棺から目を逸らすことなく、あの日のレヴェリーを思い出していた。

「ミネレーリ様」

葬儀が終わり、人がいなくなった墓の前でミネレーリは待ち人に声をかけられ、振り向いた。

「お久しぶりでございます。テーヴィア殿下」

最後に会ったときより少しやつれた顔をしたテーヴィアが、力なく微笑む。

その隣にはカクトスがいて、ミネレーリは心中の複雑な気持ちを押し隠して不出来であろう笑顔を作った。

「カクトス様もお久しぶりです。お見舞いの品等、ありがとうございました」

「いや……もう大丈夫なのかい？」

「健康とは言い難いですが、それなりに完治はしたと思います。……起こってしまった出来事を元に戻すことはできませんから」

倒れてから、カクトスからは毎日のようにお見舞いの品が届けられた。

まだ求婚を受け入れてもらえてはいない。だから病人の君のところへは行ってはいけないからと、手紙まで添えられて。

求婚の返事すら、まだ返せていないのに会うのは酷く躊躇われたが、テーヴィアがどうしてもミネレーリに会いたいと言っているとミンティから聞かされて、今日この日に会う約束をしたのだ。

「それじゃあ、僕は少し離れているから。なにかあったら呼んで」

「カクトスお兄様、ありがとう」

気をきかせて離れてたカクトスにミネレーリは頭を下げ、テーヴィアはひと言礼を言う。

そうして二人きりになると、お互い無言のまま、レヴェリー殿下の墓を見つめる。

もう時間は戻せないと冷静な判断をしているミネレーリは、自身のことを本当に冷たい人間だと思わずにはいられない。

母を重ねていたせいでレヴェリーを傷付けてしまっていた可能性はある。

でも、レヴェリーはもう戻ってこない。

重ねていた事実も消えはしない。

ああ、そうか。関心が湧かないのだ。

ミネレーリは己の薄情な面に笑いさえ込み上げてしまう。

レヴェリーは公国の姫殿下。

敬い傅(かしず)く。

それが当然のこと。

それぐらいにしか思っていなかったのだ。

一点、母に似ていた部分に強くミネレーリが反応していただけ。

でも、こんなところもレヴェリーには見抜かれていたのかもしれない。

でなければ最後にミネレーリに、あんな言葉を言えるはずがない。

「ミネレーリ様、わたくしはブラインド王国の王太子様のもとへ嫁ごうと思っています」

いきなりの言葉に驚いてテーヴィアを見れば、テーヴィアは未だ視線を墓に向けたまま、淡々と口を開く。

「そうしないと二国の間には埋められない溝ができてしまいます。きっとそれは民を不安にさせ、不幸にもさせてしまうことです。それは避けなければいけないと考えました」

ブラインド王国からは内密に謝罪と、なにかお詫びをしたいという旨が公国に届いたらしい。

元王太子がしでかしたこととはいえ、自国の国土を遥かに上回る国の姫が元王太子のせいで死んだのだ。

ブラインド王国はなにを要求されても文句は言えない立場に追い込まれている。

けれど、属国にしてしまうと他国との軋轢を生みかねない。ブラインド王国は国土は公国に負けるが、それでもひとつの王国なのだ。

ぎこちないまま国同士が交流を続ければ、いつかその交流自体が無くなってしまうかもしれない。それは領土をほっして他国で戦争をしかけている国にとっては好機にもなりえる。弱い部分を晒け出すことになるのだ。

こちらの国が安全でもブラインド王国がどうかはわからない。逆もまた然り。

いくら大きな国であっても小国に負けることはある。

絶対ということはありえないのだ。

「王家が起こした問題は王家の人間が責任を取る。それが当然で、一番いい方法です」

「……もう、お心は固まっておいでなのですね」

墓から視線をミネレーリに向けたテーヴィアは、以前より頬はこけ、肌の血色も悪いように見える。

だが、瞳の奥は揺らがない決意を湛えていた。

「嫡男であるイルザが15歳になったときに嫁ぐのが一番いいかと思っています。それまで時間もたくさんありますから、王太子様と交流を深めたいと思っています」

きっと国王は反対しただろう。

それぐらいは話し合いを見ていないミネレーリでさえも容易に想像できる。

この歳までテーヴィアの婚約者を定めていなかったのは、国内で結婚相手を探すため。ずっと手元に置いておくため。溺愛する娘を手放したくないから。


愛を平等に与えることはできない。

すべてを平等になんて不可能。


結婚する際にミンティがミネレーリに言っていた言葉だ。

いずれ子を宿さなければいけない母として、それは己を奮い立たせるものだったのだろう。

何人産んでも贔屓をしないようにと。

国王もテーヴィアに向ける愛情のひと欠片でもレヴェリーに与えていれば、なにかが違っていたのだろうか。

確かに国王はレヴェリーを愛していた。

けれど、それはレヴェリーが望むものではなく。

レヴェリーはテーヴィアと同じように、愛してほしかっただけなのだろうとミネレーリは思う。

今ならわかる。

ミネレーリも父に愛情を一心に向ける母に、そのひと欠片でもと願っていたのだろう。

それが、ずっと傍に居てほしいという想いになっていたのだ、多分。

「極秘にお会いしましたが、お優しくとても国を思っていらっしゃる方でした。この方となら添い遂げることができると思ったのです」

嫁がれるのは数年後、それでも今のテーヴィアにはもう確固たる意志が宿っていた。

だからこそ言っても大丈夫だと、ミネレーリは口を開く。

「レヴェリー殿下はおっしゃっていました。『わたくしが一番ほしい愛をくれるのは、テーヴィアだけだ』と」

瞬間、泣きそうにテーヴィアの顔が歪んだ。

ぐっとそれを堪えると、テーヴィアは笑った。まだ痛々しい笑みで。

「ありがとうございます、ミネレーリ様」

ミネレーリの前を去るまでテーヴィアは泣かなかった。

その後ろ姿にミネレーリは長く長く礼をし続けた。

今度は自分自身が決意する番だと思いながら。

鏡台の前に置かれた椅子に無理矢理座らされているミネレーリは、かれこれ二時間近くミンティに髪や肌を弄られ続けて辟易していた。

「ミンティ、そろそろいいかしら？　もう限界なのだけど」

「なにを言っているのよ！　今日は決戦の日なのよ！　念には念を入れないといけないわ！」

決戦の日という言葉には多大なる語弊がある。

カクトスに返事をするという、まあミネレーリにとって一応大事な日ではあるが、返事をするだけで戦うという意味の日では決してない。

なのに朝からミンティやメイディアのほうが、そわそわして落ち着きがなくシェルツに笑われる始末。

そんなシェルツにミンティが、いつものように拳を繰り出したことだけは、日常のひとコマだったけれど。

「私がカクトス様にお返事をするのよ。どうしてミンティやお祖母様が緊張しているの？」

呆れ半分の声が口から出たが、ガシッとミンティに両肩を掴まれて悲鳴を嚙み殺した。

みしみしと骨が軋んでいるのは気のせいではないだろう。

「ミネレーリが！　あのミネレーリが！　返事をするのよ!?　人前での顔は取り繕えるし言葉

も滑らかに言えるけど、素は無愛想で口下手なミネレーリが！」

「褒められているようで貶されている気がするわ。それから骨折してしまいそうだから、そろそろ力を抜いてちょうだい、ミンティ」

「どんな風に返事をするつもり!?　もちろん求婚を承諾するのよね!?」

「無視しないでほしいわね、切実に。それにお返事はカクトス様にするものだから、ミンティには言わないわ」

いつもだったらここで食い下がってくるミンティだったが、あっさりとミネレーリの肩から手を離した。

意外に思いながらミンティを見ると、髪留めを選びながらミネレーリを見て、少しだけ心外そうな顔をする。

「なによ、その顔は。わたしだってこういうことを根掘り葉掘り聞く趣味はないわよ。結婚したあかつきには絶対に聞き出すけどね」

もう結婚が確定事項なのは如何なものか。

今日のカクトスの反応次第によっては、どう転ぶかわからないというのに。

ミネレーリは鏡の中に映る己の瞳を見返した。

テーヴィアの決意を知って、覚悟を決めようと思えたのはいいことだったのだろうと思う。

中途半端にふらふらしている気持ちを抱えているなんて、ミネレーリらしくない。

だからこそカクトスと向き合おう。

そう思えたのだから。

「……その様子だと言っても大丈夫そうね」

呟かれた声がミネレーリにかけられたものだと思い、ミンティに振り向こうとした。

「ミンティ？」

「……リリーローザの結婚が決まったわ」

驚いて危うく椅子から落ちそうになったミネレーリは、慌てて立ち上がった。

「それは…………本当なの？」

「こんなことで嘘を言ってどうするのよ。一昨日決まったばかりのことだから、知っているのはヤヌアール家に関係している家だけだと思うわ」

「……お相手は、どなたなの？」

「ペザンテ子爵よ」

絶句したミネレーリにミンティは淡々とネックレスを手に取りながら、話し続ける。

「この一年はレヴェリー殿下の喪の期間だから、結婚式はせずに入籍だけはするそうよ。結婚式は機会を見て行うらしいわ」

「どうして……ペザンテ子爵……？」

結婚と聞いて驚いたが、さすがにリリーローザに縁談話が持ち上がっていてもおかしくないのはわかっていた。けれど、あの舞踏会での一件で、リリーローザに求婚をする家がなくなったとメイディアから聞かされていたのだ。

さすがにそれは一貴族であるミネレーリも容易に想像できることで。

あんな醜態を晒して、貴族としてどういう思考をしているのか。

伴侶に迎えれば、もれなく二つの公爵家を敵に回すのは決定事項。

そんなリリーローザに縁談話がなくなってしまうのは必然としか言いようがない。

それでも想像すらしていなかったリリーローザの結婚相手に、ミネレーリは珍しくも口元を手で覆って考え込んでしまう。

「答えは単純明快、ヤヌアール伯爵家の財政難が原因よ」

「それは知っていたわ。あまり得意ではない事業など始めてしまってから、眉間にいつも皺が刻まれていたもの」

ペザンテ子爵に対抗してか、はたまた触発されてか。

数年前に父は事業を起こしていた。

あまり父になにも言わないミネレーリは、あのときだけは口をはさんでしまったのを覚えている。

素人がやるには無理があるのではないかと。

まあ、元よりミネレーリの言葉など聞く耳を持っていない父に無駄な忠告をしてしまっただけだったが。

「その負債額、かなりのものになっていたらしいわよ。なんとか騙し騙しで続けてきたようだけど、とうとう騙せなくなったみたい」

だからこそ資産を持つペザンテ子爵とリリーローザの結婚が決まった。

それが決まったときの父と義母の顔は、どんなものだったのだろう。

絶望。諦め。悲しみ。どれが色濃かったのか。

でも……。

「……リリーローザはきっとペザンテ子爵に言いくるめられたわね。結婚はしても今まで通りの関係だとか。簡単に騙される姿が目に浮かぶわ」

「あら、さすがリリーローザの元・代理人ね。大当たりよ。何度ヤヌアール伯爵が説明しても、おじ様が助けてくれると言ってくれたから大丈夫。おじ様はいつでもお優しいからとかトンチンカンなことを言っていたらしいわよ」

久々に頭痛がする。

決別をしたとは言っても、血の繋がりはどう足掻いても消えはしないし、噂はミネレーリだけでなくガルテン家にまで及んでくるのだ。

こちらの迷惑を少しは考えてほしい。

「ヤヌアール家が存続する限り、こちらとの僅かな縁は嫌だけど消えはしないから、諦めることね」

嫌いだからと簡単に切れないのが、貴族の家同士の縁だ。

リリーローザと関わることはもうない。

ミネレーリというストッパーを失くして、どう生きていくのか。

見たくも聞きたくもないのに、これからも情報だけは拾っていくのかと嘆息するしかなかった。

カクトスが訪れる予定の時間が刻一刻と迫ってくる。

ミネレーリは無理を言って庭園に出て、庭師達が綺麗にしてくれている花々を見つめた。

母と暮らしていた辺境の町では花を育てることはなかったが、野に咲く花が色とりどりに敷き詰められたような場所で。

お手伝いさんが毎日替えてくれる花を一瞥しかしていなかった。

今も、目の前で咲き乱れる花は綺麗だと思うのに、花に触る気が起きない。興味がない。

こんな自分が……。


「ミネレーリ嬢」

思考の淵に沈んでいたせいで、誰かが近付いてくる足音にミネレーリは気付かず、慌てて振り返れば、そこにはカクトスが微笑みながら佇んでいた。

「カクトス様、いつお越しになったのですか？　すみません、お出迎えもせずに」

「いいんだ。僕が君を呼ばなくてもいいと言ったんだよ。こういうところで話すのもいいかなと思ってね」

ミネレーリの隣まできたカクトスは溢れる花を見ながら、優雅に目を細める。

「綺麗だね。僕の屋敷より花の種類が多い」

その瞳には、ミンティやシェルツと同じように花を慈しむ輝きがある。

「ええ、綺麗だと思います。…………私は思うだけです」

「ミネレーリ嬢？」

カクトスがミネレーリに視線を向けたのはわかったが、あえて目を合わせることなくミネレーリは屈んで一輪の薔薇を枝から折った。棘は庭師達が取っておいてくれたのだろう。庭園の薔薇の中には見当たらない。

ミネレーリが手折ったのは、咲き誇る薔薇の中でも一際眩く咲いていたもの。

「私は欠けている人間なんです。幼いときから自分がどこかおかしいのだとはわかっていました。人が普通に持つ感情というものが私にはなかったのだと思います。父にも義母にも興味がなかったので、なにを言われようと、どうとも思わなかった。ミンティやお祖母様、シェルツさんを好ましくは感じているのに、大切かと問われれば違うと答えられる。私は人が持つ感情を持てない。カクトス様にもそれは同じなんです」

カクトスのほうに振り向けばいいのに、なぜだか体が動かない。

どういう目でミネレーリを見ているのか確かめるのが躊躇われた。

「でも、母やリリーローザだけは違った。リリーローザには小さいときは愛しさを感じていました。それも年月を追うごとにお互いのせいで消えてしまいましたけど」

愛しく思ううちにミネレーリが歩み寄っていれば、なにかが変わっていたのかもしれない。

だから、ミンティはリリーローザが悪いと言うけれど、ミネレーリ自身も同罪だと思うのだ。

「母は…………今でも私の心のすべてを占める人です。ずっと一緒にいたかった人。レヴェリー殿下のことがあってはっきりとそれを自覚しました。……カクトス様、私はカクトス様が思うような人間ではないでしょう。カクトス様が私に向けてくださる愛情を同じようには返せませんし、返す気もない。それでも、ずっと迷う気持ちがありました。ミンティに言われたんです。愛でも恋でもなくても、私にとってカクトス様は特別な存在なんだと」

ようやく顔を上げることができたミネレーリの瞳に、カクトスが目を瞠っているのが映った。

ミネレーリも意外な反応に驚いて変な顔になってしまう。

ミネレーリがなにかを言う前に、カクトスが先に声を出して遮る。

「それは、求婚を承諾してくれる、という解釈でいいのかな？」

「え、あの、私の話を聞いておられました？」

「うん。聞いていたよ。ミネレーリ嬢にとって僕は特別な存在だって」

「特別ですが、愛や恋とは違うんです。カクトス様に嫌われたくないとは思っていますが」

「うん。聞いてる、聞いてる」

「聞いていたらそんな反応はなさらないはずです！　気持ち悪いとは思われないんですか！」

「いや、全然」

「全然って……」

想像していたカクトスの反応とあまりにも違ったので、ミネレーリは言葉が続かなくなってしまう。

拒絶をされても仕方がないことを言っているというのに、すごく嬉しそうな顔をされては用意していたセリフも頭から飛んでしまいそうになる。

「え？　わっ⁉」

逡巡している間に、ミネレーリはカクトスにお姫様抱っこをされていた。

しっかりと支えてくれているが心許なくて、カクトスの首に手を回せば、今までにないほどの至近距離にカクトスの顔がある。

長い睫も、整った唇が弧を描くのも近すぎて。

「最初から、本当はあまり表情が動かないお嬢さんなんじゃないかとは思ってたんだ。それにガルテン公爵夫人から言われていたんだ。ミネレーリ嬢を理解しようとは思うな。常に規格外ぐらいに思って行動しろってね」

後で絶対にメイディアに言ってミンティを叱ってもらおう。

ミネレーリが固く決心していると、カクトスはミネレーリの手元に視線を落とす。

「その薔薇、僕にくれるのかな？」

準備していた覚悟が台無しだ。

ミネレーリは息をついて、手に持っていた薔薇をカクトスに差し出した。

「私がカクトス様にできるお返事はなにかと考えました。偽らない今の自分の想いは、これだけです。この何千、何万もあるかもしれない花の中で一番綺麗だと思う花をひとつ。それが今、私がカクトス様に向ける感情だと理解していただけて、それでもいいとおっしゃっていただけるなら、よろしくお願いいたします」

数秒も間があったかはわからない。

カクトスは盛大に吹き出した。

ミネレーリを抱えているせいで我慢をしているが、かなり笑っている。

なにかおかしなことを言っただろうかと、ミネレーリは首を傾げてしまう。

「ははは っ！　ミネレーリ嬢、それは最高の返事だって気付いてる？」

どこが？

感情の一端にしか入っていませんよ、という意味なのに。

「わかってないね。その顔は。あのね」

数多ある花の中から一番綺麗だと思う花を一輪渡す。それってどれだけの人がいようと貴方が一番ですって言われているようなものだよ。

耳元でそう囁かれて、ミネレーリの唇はカクトスの唇によって塞がれた。

カクトスへ返事をした翌日、ミネレーリはカクトスと一緒に王宮へと足を運んでいた。

カクトスと一緒に登城し、通されたのは王宮のプライベートルームの空間。

きっと親しい間柄の人間と談笑するために作られたであろう室内は豪華で煌びやか。

カクトスは慣れた様子でソファまで歩いていくがミネレーリは目がチカチカしてしょうがない。

「ミネレーリ嬢？」

「あまりにも煌びやかな部屋で……若干眩暈がしそうです」

正直に告げれば肩を震わせて笑うカクトスの隣に立った。

座って待つのもと思っていると、ちょうどいいタイミングで陛下の来訪を告げられたが、そこには意外な人物もいて、カクトスと顔を見合わせる。

陛下の後に続いて入ってきたのはイルザだったからだ。

十一歳のイルザはまだまだ少年の面立ちで、可愛らしい美少年という容貌をしている。

同年代の少女からはさぞかしモテていることだろう。

「イルザも同席したいと言って聞かなくてな。よいだろうか？」

否と言えるはずはない。

頷いたカクトスとミネレーリに座るように言って、陛下が先に座りイルザも着席する。

「国王陛下、イルザ殿下、本日はお呼びいただき光栄でございます」

それに続いて座る前にミネレーリはカーテシーをして挨拶をする。

「本日は僕とミネレーリ嬢にお話があると昨日伺いましたが、いったいなんでしょうか？」

自分の挨拶もそこそこに済ませて、カクトスはすぐに本題に切り込む。

ミネレーリがあまり気が進んでいないことを理解しているのだろう。

まあ、カクトス自身もそうなのだろうが。

「………テーヴィアのことだ」

予想通りの答えに、笑みを張り付けたままミネレーリは心の中で溜め息をつく。

「テーヴィアから聞いているだろうが、ブラインド王国の新王太子との婚約が正式に決まった。そこで色々と指導してくれる人間がほしいとテーヴィアが言ってな。ガルテン公爵夫人、アンバルト侯爵令嬢、そしてミネレーリ・ガルテン公爵令嬢の三人を指名してきた」

「テーヴィア殿下がでしょうか？　ミンティとエディティ様だけで十分かと思われますが」

本当に率直にそう思った。

あの二人に教えられないことをミネレーリは持っていない。

だが、隣にいるカクトスは違うようでミネレーリの言葉に苦笑している。

わかっていないと言いたげだ。

「カクトス、お前の婚約者は随分と自分への評価が低いようだな」

「いえ、正直に思っていることを話しているだけだと思いますよ。ミネレーリ嬢は自分の評価など考えたこともないでしょう」

自分自身への評価などなんの役に立つのか。

社交界を生き抜く術を身に付け、常に張り付けた笑みは絶やさず。

それだけで生きていける。

不要なことを考える必要など、ミネレーリにはない。

「テーヴィア姫は君だから指名したんだよ。レヴェリー姫のこともあるだろうけど、それだけでないのは僕もわかるよ」

「テーヴィア殿下がおっしゃるなら。理由はわかりませんが、精いっぱい務めさせていただきたく思います」

「そうか……」

話がそれだけならもう立ち上がりたいが、それが本題でないことは予想できている。

根気強く陛下の言葉を待っていると、我慢できなくなったイルザがいきなり立ち上がった。

「僕はテーヴィア姉上の婚約には反対です！　確かに国同士のためには一番いい選択であると理解はしますが納得はできません！　テーヴィア姉上が犠牲になる必要はないではありませんか！」

「イルザ、黙っていろ」

「テーヴィア姉上には国で結婚してもらうと！　降嫁させると言っていたではありませんか！」

「イルザ、黙れ」

「父上だって納得されていないのでしょう!?　どうしてなのですか！」

「イルザ！」

親子喧嘩に付き合うつもりはないので早々に帰りたい。

カクトスはそんなミネレーリの心情を察したのか、それとも同じことを思ったのか。

「お話がもうないようでしたら、僕達は退出してもよろしいですか？」

「カクトス兄さんもどうして平然としていられるんですか!?　テーヴィア姉上が他国に嫁がれるんですよ！」

「それがテーヴィア姫の決めたことだからだよ」

静かにカクトスが口にすれば、イルザは押し黙った。

「それに普通の姫君は、他国に嫁ぐことが多い。レヴェリー姫の役目だったことがテーヴィア姫に回ってきた。それだけの話だ」

「でもっ！」

「イルザ、テーヴィアは納得して婚約をしたのだ。君にもそう話したのだろう？　ミネレーリ嬢」

いきなり話を振られ若干の戸惑いはありつつも、頷いて肯定した。

「自身の立場や、どういう立ち位置で動けば国のためになるのか。よくわかっていらっしゃいます。さすがはテーヴィア殿下だと思いました。一国の国母に相応しいお方です」

「……レヴェリーのことはなにか言ってはいなかったか？」

「いいえ。なにも。伝えてもいいものかと悩んでおりましたが、レヴェリー殿下が最期にテーヴィア殿下について言われたことをお伝えいたしました」

「レヴェリーが？　テーヴィアについて？」

「はい。『わたくしが一番ほしい愛をくれるのは、テーヴィアだけだ』そうおっしゃって亡くなられました」

陛下もイルザも息を呑む。それはカクトスも同じ。

このことはテーヴィアにしか話してはいなかったから当然だが、それでも衝撃的だったのだろう。

陛下は乾いた笑いを浮かべて額に手を置いた。

「娘にそのようなことを言わせるとは父親失格だな」

「いいえ。陛下はレヴェリー殿下を愛しておられました。失格なのは愛を与えもしない人間かと私は思っております。それに愛を平等に与えることなど人には不可能です」

イルザやカクトスが否定する前に、ミネレーリは即座に陛下の自嘲を切り捨てる。

陛下自身を肯定しているようで、まるで追い詰めるような言動になってしまっているとミネレーリはわかっていたが、止まることはしなくてもいいと思った。

「レヴェリー殿下はテーヴィア殿下やイルザ殿下のような愛され方を陛下からされたかったのでしょう。ですが、王妃陛下が出産なさったテーヴィア殿下とイルザ殿下に対してより愛情が深くなってしまうのは仕方がないことだと誰もが理解しています。理解しているからこそレヴェリー殿下はバルムヘルツ様にそれを求めてしまったのかもしれません」

「愛した人だから、かな」

カクトスのひと言が真実。

だから――。

「陛下が悔やまれることはなにもございません。平等に愛を与えられるのは、それこそ神々しかおられないのではないでしょうか？」

「父上を馬鹿にしているのか⁉」

ミネレーリの言葉は刃となって、陛下の心に刻まれていく。

少し青くなった陛下の顔を見てイルザは怒鳴った。

「馬鹿になどしていないよ。イルザ王子だってテーヴィア姫とレヴェリー姫への愛情の比率は違ったと思うけど、僕の勘違いかな？」

イルザがレヴェリーよりもテーヴィアに懐いていたのは、王宮に勤める者や貴族なら誰もが知っていることだ。それを口に出すとは意地が悪い。

「っ……僕、は……」

「イルザ殿下、ご無礼に思われる言葉でしたら申し訳ございませんでした。ですが、イルザ殿下には知っておいていただきたいのです。愛情を等しく与えることなど誰もできないのだということを。ひとつ伺っても許されるでしょうか？　イルザ殿下はレヴェリー殿下のことをどう思っておいでですか？」

「え……？」

「イルザ殿下がテーヴィア殿下を慕っていることは、とてもよく伝わってまいります。ですが、レヴェリー殿下に関してはなにも伝わってこないのです。テーヴィア殿下はとてもレヴェリー殿下を慕っておいでした。ですが、イルザ殿下は違うのではないでしょうか？」

イルザから伝わるのはテーヴィアと離れたくないという気持ちのみ。

それが無理だとはわかっていても、まだ十一歳の少年には敬愛する姉と離れるのが辛いのだろう。

でも、イルザはほとんどレヴェリーの話題に触れない。

いや、意図したものではなく多分自然と。

それがなぜなのか純粋にミネレーリは知ってみたかった。

逡巡しているが、陛下の顔色を窺うように見ては口ごもるを繰り返すイルザに、ああとなんとなく察しがついてしまった。

「……レヴェリー殿下は側室のお子だから、イルザ殿下が気にする必要はないとでもどなたかに言われましたか？」

びくりと反応したイルザの肩が、事実だと告げている。

陛下は驚いたようにイルザを見た。

「誰がそんなことを言ったのだ！」

「……教育係や、侍従達が……」

ガタンと大きな音を立てて立ち上がった陛下をカクトスが制す。

「陛下が動いてはいけません。こちらで処理いたします。……人員の入れ替えが大変だな。王家の姫君への無礼だとわかっていないのだろうな」

　ぽつりと疲れたような声音でカクトスが呟く。

「わかってはいると思いますが、言ってもいい相手だと思っているのだと思います」

　それが一番厄介で手に負えないのだが。

「どういう意味？」

「寵愛が薄いと思われている姫君には次期王太子殿下であるイルザ殿下に近付いてほしくない。悪い影響でもあったら困る。テーヴィア殿下にも関わってほしくはないけれど、それは本人が怒るから言えない。扱いを見て感じて使用人達は判断するのです。軽く見ていい存在なのか、そうでないのか。私もそうでしたから」

　父が毛嫌いしている娘。

　だからぞんざいに扱ってもかまわない。

　ヤヌアール家に入った当初はそんな使用人達ばかりだった。

　まあ、メイディアに話して叩き潰させてもらったが。

　少しばかり話しすぎたなとミネレーリは反省する。

　テーヴィアのことで話があるのは最初からわかっていた。

　二か国で整えられた婚約を今更なしにはできないのに、どうにかしたいと陛下もイルザも思っているのが丸わかりだった。

　平凡な陛下。人の上に立つには今ひとつ足りないものがある。それを周りが支えてきたことをミネレーリは実感する。

だが、イルザにはこうなってほしくはない。

たかが十七の小娘に諭されて青い顔をしている陛下を一瞥して、イルザを見れば罪悪感でいっぱいのような表情をしていた。

イルザにだってレヴェリーへの愛情は確かにあったのだ。

将来もしイルザが側妃を迎えたとして、同じ轍は踏まないことをミネレーリは願うばかりだった。

王宮でのなんともいえない話があったが、ミネレーリが求婚を承諾したと同時に、ガルテン家は慌ただしく動き始めた。
結婚はレヴェリーの喪があけてから少しして執り行うことが決まったものの、王弟の子息の結婚になるのだから王族は皆、出席する。
その準備は今からやっておかないといけないため、メイディアとシェルツ、ミンティが色々と指示を出して人を動かしている。だが、結婚する当人であるミネレーリはあまり動く必要がなく、どうしたものかと悩んでいると、ミンティから毛糸玉が投げられた。
「今から赤ん坊の服でも作っておけばいいじゃない」

「そうね……。じゃあ、まずはミンティの子どもの分から作るわ」

「どうしてわたしが先に産むこと前提なのよ⁉」

「当然だと思うのだけど？」

そんないつも通りのやり取りをしている最中だった。

メイドの悲鳴が聞こえて、ミンティと瞬時に見つめ合い、なにかあったのかと駆け出す。

玄関ホールから聞こえた悲鳴はミネレーリ達が向かっている間にも、幾人から上がっているようで。

「どうしたの⁉」

ミンティが叫んだ声にしりもちをついていたメイドが、がたがたと震える手で指さした先には…………。


「お、ねえ、さま」

体だけでなく顔にまで血飛沫が飛んでいる、リリーローザの姿があった。

玄関ホールには血の臭いが充満し始めていた。

レヴェリーが目の前で血飛沫をあげて倒れたときは、すぐに意識を失ってしまっていたミネレーリはこんなにも鉄臭く酷い臭いを嗅いだことがなかった。

「リリー、ローザ……？」

手で鼻と口を押さえて、ゆっくりとリリーローザに近付けば、場違いなほど嬉しそうに笑うリリーローザは異様で。

最初は怪我でもしているのかと思ったが、じっくりとリリーローザの体を見ても傷らしいものも、ドレスが破れた箇所も見当たらない。

では、これは誰の血なのか。

「おねえさま！　おねえさま！」

幼稚な喋り方をするリリーローザの姿が、なにかとてつもなく恐ろしいものに見えてしまう。

そんな風に思うのはミネレーリだけではないのだろう。ミンティもハンカチで口元と鼻を覆いながら、絶句している。

「おねえさま！　返してください！」

動揺していたせいでリリーローザが、なにを言っているのか、わからなかった。

返す？　なにを？

リリーローザに貸してもらったものなどないし、貰ったものも今までひとつもない。

「カクトス様を返してください！」

その場にいた全員が、無邪気に話す言葉に凍りついた。

いったいなにを言っているんだ、と誰もが思わずにはいられない。

いち早く混乱から回復したミネレーリは、まずはリリーローザの傍まで行き、そして納得した。

リリーローザの瞳は、ミネレーリを映しているはずなのに、ミネレーリを見ていない。

心がどこか別の場所へと行っている。

いや、行ってしまったのほうが正しいのかもしれない。

母とは違う正気を失っている目だとわかった途端、ミネレーリは嘆息した。

緊張もなにもかもが、どこかに吹き飛んでしまう。

「リリーローザ、その血はどうしたの？　どなたの血なの？」

あえてリリーローザの「返して」を無視して、ミネレーリは問いかけた。

背後にいたミンティが息を呑む気配がして、ひとつの走り去る音が聞こえる。

メイドが動けない今、ミンティに動いてもらうしかない。それにこの状況をきちんと説明できるのはミンティしかいないだろう。

さてどこまで対応できるかと思いながらも、視線はリリーローザから逸らさない。

リリーローザはミネレーリに言われた言葉の意味にキョトンとした顔をした後、自身が着ているドレスを見回した。

「これ？　おじ様とアモル様の血よ。はなれていたんだけど、二人がたおれてしまったからそばに駆け寄ったの。そのときについてしまったみたい」

なんでもないことのように紡がれる言葉に、ミネレーリは一瞬その名前を聞き逃してしまいそうになった。

「ペザンテ子爵と……」

「アモル様よ。おねえさまに求婚なさったかた」

「………どうして、リーベン家のご子息様が傷を負われたの？　それにペザンテ子爵も」

アモル・リーベンは、あの舞踏会以降伯爵家がほぼ軟禁状態に置いていると、カクトスやシェルツから聞かされていた。

リリーローザに求婚でもされてはかなわないということでの処置だったらしい。

婿入りするにしても、あれは問題外というのが貴族位を継いでいる者の、ほとんどの意見だ。

そう認識されているからこそ、リリーローザはペザンテ子爵としか結婚できなかったし、援助の当てもなかったのだろうが、アモルはリリーローザが結婚した辺りから、伯爵家で多々暴れることがあったようだ。

様子もおかしいとガルテン公爵家のメイドの一人が教えてくれた。幼馴染が、メイドとしてリーベン伯爵家に仕えているらしく、情報はそこかららしい。

「わたくしをたすけるために屋敷をぬけだしてきたんだっておっしゃっていたの。そしたらおじ様と喧嘩を始めてしまって」

「……剣を交えることは喧嘩とは言わないわ」

「二人とも、わたくしのためだって。だからこれはいけないことじゃないんだって」

微かに手が震えるのがわかった。

けれど、それは恐れという感情からではない。

ブラインド王国の元王太子に抱いたものと同じもの。

ああ、これが怒りというものなのかとミネレーリは手を握りしめた。

「………怪我をしたお二人を置いて、ここに来たのね」

怪我などという生易しい表現ではいけないだろうが、今のリリーローザに言っても、わかりはしないだろう。

リリーローザの体や顔まで飛んだ血の量から考えても、二人とも瀕死の状態か、あるいはもう……。

「二人ともおきてくれないから、おねえさまのところに行こうと思ったの。カクトス様を返してもらわなきゃって」

「……意味がわからないわ、リリーローザ。お二人が起きないのなら、怪我を負われているのなら、お医者様を呼ぶべきではないの？」

「眠っているだけなのに、どうしてお医者様を呼ぶの？」

わからないと首を傾げるリリーローザが、あまりにも常軌を逸していて、腰を抜かしていなかったメイド達も膝をついて体が震えている。

母とは別の形で壊れそうなリリーローザ。けれど、決別をした人間をもう一度心に留めることなど、ミネレーリはしない。

「……そう。もうなにを言っても無駄ね。では、帰ってちょうだい」

「いじわるをしないでカクトス様を返して！　カクトス様を返してくれるまでは帰らない！」

「カクトス様はものではないわ。ましてや貴方のものではない。言い方に気を付けなさい」

「わたくしのものよ！　だってカクトス様はわたくしの恋人なんですもの！」

完全に狂っている。

ここにいる使用人達の考えていることが、手に取るようにわかってしまう。

ああ、本当に面倒。

「妄想もそこまでくると大変なものね。リリーローザ、貴方はペザンテ子爵夫人でカクトス様は私の婚約者。嘘はつかないほうがいいわ」

「おじ様との結婚はぎそうだもの。おねえさまのこんやくしゃ？　おねえさまこそわたくしにカクトス様をとられたからってうそはやめて！　わたくしのおなかにはカクトス様とのお子もいるんだから！」

「子ども……。ペザンテ子爵は心以外を手に入れたかったのかしら？」

リリーローザが妊娠しているというなら、それはまず間違いなくペザンテ子爵の子どもだ。

だが、このリリーローザの様子では夜の営みの記憶はないようだから、睡眠薬でも飲ませていたのだろう。

リリーローザに嘘をつきながら、いつかは自分に気持ちを向けさせようと色々としていたのだろうが、そのやり方が憐れで仕方がない。

黙り込んだミネレーリに、勝ったと思ったのだろう。リリーローザは勝ち誇った笑みを見せる。

「だからはやくカクトス様を返して！」

「ごめんなさい、この子を外に出してくれないかしら。大丈夫、頭がおかしいだけで力はないわ」

座り込んでいた男性使用人に声をかければ、逡巡した後、頷いて立ち上がる。

それでやっと思考が回復したのか、執事も駆け寄ってリリーローザの肩を掴んだ。

「やめて！　はなして！　おねえさま！　カクトス様をとられたからって……！」

「黙りなさい」

無機質で、そこまで大きな声ではない。けれど、人を従わせるなにかを持つ声でミネレーリはぴしゃりと言い放った。

「ここはガルテン公爵家の屋敷です。許可もなく子爵夫人が自由に出入りできる場所ではないわ。それに先程からの酷い妄言の数々、気分が悪くなるわ」

鼻白んだリリーローザに、ミネレーリは有無を言わさず畳みかける。

「カクトス様は私の婚約者。これは国王陛下にも認められたものよ。リリーローザ、貴方のお腹の子はペザンテ子爵の子どもよ」

「ちがうわ！　カクトス様のお子よ！」

「証拠は？」

「え？」

「そのお腹の子がカクトス様のお子だという証拠よ。そこまで言うのならあるんでしょう？」

「おじ様が言っていたわ！　まいばん、わたくしがねしずまった時間に会いにきてくれているって！」

ミネレーリはたまらず吹き出していた。

今までの淑(しと)やかな振る舞いも忘れて笑い続ける。

本当に本当に、どうしようもなく愚かな子。

「カクトス様がどうしてリリーローザに会いに子爵家まで行かなければいけないの？　恋人だから？　カクトス様に愛を囁かれたことはある？　優しくて、それでいて熱い言葉をいただいたことがある？　ないでしょう？　貴方の妄想の中ではいくらでも愛を囁いてくれるかもしれないけれど、本当のカクトス様の愛は想像以上よ。私は知っているわ。婚約者ですもの。どういう風に愛を囁くか教えてさしあげましょうか？　でも、ごめんなさいね。私そこまで優しくはないの。カクトス様のようには」

丁寧に、けれど強い口調で言えば、みるみるうちにリリーローザの顔色が青くなってゆく。

妄想など、リリーローザにとっては自分を守るためのものだ。

本当は心のどこかでは気付いていたのだ。

カクトスに好かれていないと。寝ている間にペザンテ子爵に抱かれていると。

でも、それを認めることを心が拒否して、こんな奇行に走った。

可哀相だとは微塵も思わない。

そうなったのは間違いなくリリーローザの責任で、ミネレーリには一切関わりのないことだから。

「うそよ！」

執事の手を強引に振り払い、リリーローザの両手はミネレーリの首を絞めつけた。

どこにこんな力があるのかと思うほどの力と痛みが襲ってくる。

「ぐっ……！」

「うそよ！　うそよ！　うそよ！　うそよ！　うそよ！　うそ！　うそ！　うそ！　うそ！　うそ！　うそ！　うそ！　うそ！　うそ！　うそ！　ぜんぶぜんぶうそ！」

執事やメイド達がリリーローザを引き剥がそうとしているのが、霞む視界に映る。

ミネレーリはリリーローザの両手を掴んで、睨みつけた。

まだ燻（くすぶ）る怒りがおさまらない。

「いい加減にっ」

「ミネレーリ嬢!?　やめろ！」

ここにいるはずのない人物の声が聞こえ、ミネレーリの圧迫されていた首からリリーローザの手が外れたことはわかった。

だが、理解しても急に正常な息遣いができるはずもなく、大きく咽（む）せてしまう。

そんなミネレーリの背を優しく擦り、ふわりと抱きしめてくれる腕。

「カク、トス様っ」

「もう大丈夫だから」

ミネレーリに優しく微笑みかけてくれるのは、間違いなくカクトスだ。

けれど、どうしてガルテン公爵家にカクトスが？

と、奇声が上がり、声のほうに振り向けばリリーローザが数人の兵士達に取り押さえられていた。

その傍には疲れた様子のミンティとシェルツがいる。

ミンティはなにかを兵士達に告げていたが、しばらくしてミネレーリのほうに来る。

そうしてカクトスに抱きしめられているミネレーリを強引に自分のほうへと引き寄せた。

「ミネレーリ、大丈夫⁉　無事⁉」

大丈夫だと言いたいが、激しく揺すられて声が出せない。

「俺の大事な奥方、そんなことをしていたらミネレーリ嬢が喋れないよ」

「……大丈夫よ。それよりミンティに激しく揺すられたほうが気持ち悪くなってきたわ」

「ああ、よかった！　いつもの無愛想なミネレーリだわ！」

シェルツのおかげでミンティから解放されたミネレーリの放った皮肉は、同じく皮肉で返された。

命の危機もあった場面での、この物言い。

呆れているミネレーリの傍で、置いてけぼりを食らったカクトスは面白くなさそうな顔をした。

「ガルテン公爵夫人、婚約者同士の大切なひと時を邪魔しないでほしいな」

「あら、ごめんなさい。女に負ける腕力とは思わなかったわ」

カクトスとミンティの間にバチバチと火花が飛び散っているように見える。

やはりこの二人の相性はよくないらしい。

シェルツは放置の方向なのか、ミネレーリの傍まで来て、安堵の息をはいた。

「視察の帰りで、屋敷の近くにいて本当によかったよ。ガルテン殿とはつい先程会ったばかりなんだ。ミネレーリ嬢に会いに来ようとしていたみたいでね。そこにミンティの知らせで駆け付けた兵士達の姿を見て、慌てて帰ってきたんだよ」

「カクトス様っ！」

シェルツの声に重なって甲高い声が屋敷に響く。

まだそんな力があるのかと、首を擦りながらミネレーリは声のほうに視線を向ける。

そこには兵士達に取り押さえられながらも必死にカクトスの名を呼ぶリリーローザがいた。

「カクトス様！　おねえさまが酷いのです！　わたくしとカクトス様をひきはなそうとするのです！　わたくしはカクトス様のお子をやどしているのに！」

さすがにリリーローザのその言葉に兵士達は動揺したのか、目を交わし合っていたが、それで掴んでいる力を弱めるほど馬鹿でもない。

ミンティは憤怒を通り越して呆れているようだし、シェルツも然り。

だが、カクトスだけはそうではなかった。

ゆっくりと立ち上がり、リリーローザの元へと歩を進める。

リリーローザは喜色を浮かべたが、どうしてあの零度を通り越しそうな雰囲気のカクトスにそれができるのか不思議だ。

現にリリーローザを取り押さえている兵士達はカクトスの冷気に当てられて、固まったり青ざめたりしている。

ああ、表情も酷いことになっているんだろうな。

ミネレーリには後ろ姿だからわからないが、これで終わると溜め息が零れた。

最後まで愚かな子。


「……僕の子ども？　質の悪い冗談はやめてくれないか」

「カクトス、さま？」

「僕の子どもを産むのはミネレーリ嬢だけだよ。当たり前だろう」

「そんなっ！　このお子はカクトス様のお子です！　カクトスさまはおねえさまにだまされているんです！」

「僕は君に指一本、そういう意味で触れたことはないよ。ダンスの相手はしたことがあるけれど、あれは社交だ。その子どもはペザンテ子爵の子だろう。そんな嘘は子どもに可哀相だよ」

「ちがいます！　この子はっ」

「違わない。この際だからはっきりと言っておくよ。僕は君が大嫌いなんだ。ミネレーリ嬢の妹だというのに君は無知にも程がある。そんな君を僕が好きになるわけないだろう」

一刀両断の拒絶にリリーローザは唇を戦慄(わなな)かせて、もう声すら出せないようだ。

顔は絶望に染まっている。

瞳から溢れる涙を気にも留めずに、髪を掻き毟る。

「……リリーローザ、貴方は本当に………愚かね」

大きくもなく、弱くもないミネレーリの声は一瞬だけ静まった場によく聞こえて。

リリーローザの発狂した声が、後を追うように続いた。

「聞いたかな？　リリーローザ嬢のこと」

麗らかな日差しが気持ちよく、窓を開けながら室内でお茶を飲んでいると、ミネレーリの目の前に座っていたカクトスが聞いてきた。

「ええ。すべて聞きましたわ」

持っていたカップを置いて、ミネレーリは窓の外の咲き乱れる花々を見ながら、苦笑する。

「いつから、あんなに愚かになったのか。一緒に暮らしていたのにわかりません」

ミネレーリの胸にあるのは悲しみでも憐れみでもない。ただ疑問だけ。

あの後、取り押さえられたリリーローザは連れていかれ、どんな状況だったのかメイディアが珍しく歯切れ悪く教えてくれた。

やはりペザンテ子爵とアモルが子爵邸でリリーローザをかけて決闘し、互いに命を落としていた。

現場は惨憺（さんたん）たる有様だったらしく、調べていた兵士達も苦い顔をしていたらしい。

リリーローザはヤヌアール家に戻されたが、気が触れていて、介護が必要な状態で、子どもも間もなく流産した。

ペザンテ子爵が死んだことで、妻であるリリーローザにすべての財産が渡り、ヤヌアール家は金銭的には問題ないようだが。

「貴族としては致命的です」

メイディアが言っていた通り、ヤヌアール家は貴族でありながらも、現在は貴族達のほとんどから煙たがられる存在となってしまった。

夜会などにも呼ばれることはなくなり、いつか名ばかりの貴族になってしまうだろうとメイディアが先を見通しながら話していた。


『お姉様！』

愛していた。家族として。

なのに。


『ごめんね』

母も愚かだったのに、同じように恋に狂った人間だったのに。

リリーローザは切り捨てられても、母はまだミネレーリの中にいる。

わからない答えを探しても仕方がないのに、つい探してしまうときがあって。

「まあ、もう関わり合いになることはないから、この話は終わりにしようか。それにしても母上が君の評判を聞きつけて、早く結婚してほしいってせがむんだよ」

「評判？」

気をきかせて話を逸らしてくれたカクトスに相槌を打とうとして、ミネレーリは首を傾げる。

「リリーローザ嬢が屋敷に来たときの怒りようがすごかったらしいね。ガルテン家のメイド達があんな恐ろしいミネレーリ嬢は初めて見たって言っていたよ。相手に話す隙を与えないなんて。絶対にミネレーリ嬢は怒らせてはいけないって共通の認識になったみたいだよ。ああいう奥方だったらウィスティリア家に安心して仕えられるって。それを母上が耳にはさんでしまって」

「まず色々と訂正させていただけないでしょうか」

「テーヴィア姫もぜひ、ミネレーリに指導を受けたいと言っているよ」

一人歩きしている噂はもうどうにもならない。

ミネレーリは嫌というほど、それを知っている。

テーヴィアからの呼び出しがあったら、どうやって逃げようかと真剣に悩んでいると――。

「ミネレーリ嬢、いつか君にずっと一緒にいたいと思わせる夫になるよ」

先は長いねと笑うカクトスに、ミネレーリはひと呼吸おいて、微笑んだ。

これから先、色々あるけれど、カクトスが母のような存在にいつかなってくれたら。

「死ぬまでには思わせてくださいね、カクトス様」

大丈夫かもしれないとミネレーリは笑う。

気が長すぎると言われるミネレーリならば、死ぬ直前まで待てると思えたから。

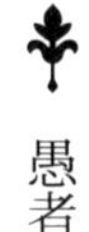

愚者

いったいなにがいけなかったのか。

なにが間違っていたと言うのか。

わからないと素直に吐露したら、残ってくれた数少ない友人達は口を揃えて皆こう言うんだ。

娘を、リリーローザを甘やかしすぎたのだ、と。

裕福な伯爵家の嫡男として生まれ、けれど、それに恥じないように驕(おご)らないようにと勉学や領地経営などを学び、誰にも文句など言わせない結果を出してきた。

婚約者こそ決まっていなかったものの、容姿が優れていたせいなのか、女性の誘いが後を絶たなかったが、それすらも律して生きてきた。

唯一私の周りにいたのは幼少の頃からの幼馴染で、親同士の繋がりがあった公爵家の娘であるコリーニという少女。

愛らしく笑い、いつも私の背を追いかけてくる彼女を兄妹のいなかった私は妹のように可愛がった。

『チェスティお兄様！　いつかお嫁さんにしてくださいね！』


コリーニには兄がいたが、八歳も歳が離れていたせいか、より身近な「兄」という存在は私のようで。

可愛い、愛らしいと言い愛でていた。

家族のような関係。

だから、いつもお嫁さんにしてほしいというコリーニの願いを笑って承諾した。


『いいよ。コリーニが素敵な女性になったらね』

『うん！　約束よ！　チェスティお兄様！』


子どもの他愛ない、叶えられることのない口約束のはずだった。

それほど私の中でコリーニは伴侶という対象ではなかったのだ。

コリーニにもいずれ婚約の話が持ち上がるか、気になる男性と出会い結婚するだろう。

公爵家の娘であるコリーニには縁談も数多く来るだろうし、コリーニに気になる男性ができても、これだけ愛らしいのだから、相手もきっと好いてくれるに違いない。

楽観視していた。

高を括っていた。

いずれコリーニは私から離れていくものだと疑わずに。

けれど、歳を重ねてもコリーニは私だけを、その瞳に映していた。


『チェスティお兄様、結婚の約束忘れないでくださいませ』

『またそんなことを言って。そろそろ帰らないと公爵夫人が心配するよ』

『もう！　子ども扱いばかりして！』


気付けなかった。

いや、気付かない振りをしていた。

いずれコリーニは気付くと、私がコリーニをそんな対象で見ていないと。

間違っていたと、己が甘かったのだと気付かされたのは、彼女に、ジェーヌに出会い、互いに恋に落ちたとき。

なにもかもが鮮烈かつ儚げな彼女にひと目で惹かれ、ジェーヌも私を愛してくれた。

結婚をするのならジェーヌしかいないと思い、父母に紹介すると、なぜだか困惑した顔をされて。

『チェスティ、貴方はコリーニ嬢を妻にするのではないの？』

母の言葉があまりにも衝撃的で、一拍おいて私は隣にいるジェーヌの存在に気付いて、慌てて首を振った。

『なにをおっしゃっているのですか！　コリーニとは幼馴染であり、それ以上の関係ではありません！　母上もご存じのはずです！』

父母の反応は微妙なものだったが、私はジェーヌを妻にすると宣言して、その場を離れた。

コリーニはすぐにそれを父母から聞きつけ、暴れて泣いて私と結婚するのだと錯乱したらしい。

部屋から出てくることもなく、困り果てて公爵夫妻は父母にお願いに来た。

コリーニを私と結婚させてほしいと。

小さな頃からコリーニを知っている父母は、私にジェーヌと別れるよう勧めたが、私は頑なに拒否をしてコリーニに会わなくなった。

もう十六歳の年頃の女性なのだ。そんなわがままが通用するはずがないとわかってくれなくては困る。

心配するジェーヌに大丈夫だと言い聞かせて逢瀬を重ねた。

なのに……いきなりジェーヌは行方をくらましたのだ。

私は子爵家を訪れ、色々なところを探し回ったが、結局見つけることはできず。

憔悴(しょうすい)している私の元へ、同じく憔悴し切ったコリーニが訪れた。

『チェスティお兄様、私にはお兄様だけなのです』

あんなことがあってもコリーニを嫌いにはなれなかった。

そして私と同じように憔悴しているコリーニを見て、彼女以外に私をこんなにも想ってくれる人はいないのではないかと錯覚してしまった。

弱り果てていた心に付け込まれ。

私は結婚を承諾していた。

ジェーヌを忘れてコリーニと生きよう。

そう決めて始まった生活は、幼い頃からの付き合いもあり、なにも問題なく過ぎていった。

コリーニは生き生きと輝き、早く赤ちゃんがほしいとねだってくる。

ジェーヌのことを引き摺りながら、それでもコリーニとの未来を考えて頷けば、コリーニは昔と変わらず花がほころんだように笑う。

これが幸せなのだと、自分自身に言い聞かせていた。


『チェスティ様……』

そのすべてが偽りで塗り固められたものだと知ったのは、ジェーヌと再会したときだった。

やはり会いたくて会いたくてたまらずに会いに来てしまったと。

コリーニ様との約束を破ってしまうけれど、想いを抑え切れなかったのだと泣くジェーヌを見て、ジェーヌを隠していたのはコリーニだとわかった。

どうりで探し回っても見つからないはずだ。

コリーニが手配している屋敷など探すはずもない。

そんなことをするという考えにすら至らなかった。

怒りがとぐろを巻くように、私の中で暴れ回るのを感じた。

愛らしい幼馴染。

今は愛らしい妻。

けれど、コリーニは私のことなど一切考えていない。考えているのは己の幸せだけ。

泣き続けるジェーヌを抱きしめてキスをしても、彼女はごめんなさいと繰り返すばかり。

ジェーヌは私のことを考えて身を引いた。

コリーニとは違う。なにもかも。すべて。

ジェーヌと再会してから私はコリーニを避けるようになった。

あまり屋敷には帰らず、ジェーヌに与えた屋敷に忍んで訪れ、ジェーヌを腕の中に抱く。

たまに帰ればどこに行っていたのかとしつこく聞いてくるコリーニに、どこでもいいだろうと返答をすれば傷付いた顔をするのが、いっそう私の腸(はらわた)を煮えくり返すことに、なぜ気付かない!

私はパーティーにさえ一人で出席をするようになり、コリーニはだんだんと屋敷から出なくなっていった。

苦言を呈してくる父母も使用人も、煩わしいばかりで。

ジェーヌだけが私にとっての癒しだった。

ジェーヌさえいれば、仕事の疲れも貴族としてのしがらみも忘れられる。

いつかコリーニとは離縁して、ジェーヌと一緒になろう。

友であるゲヴィヒトも手助けをすると言ってくれている。

決意を固めて、行動に移そうとしていた。

その矢先だった。コリーニとジェーヌが懐妊したと聞かされたのは。

ジェーヌとのことを知ったコリーニは叫び喚いて、私に取り縋った。

どうして！　どうして！　と。

自分のしたことがわからないのかと冷たく問えば、自分は悪くないと泣く。

その醜悪な姿に幼馴染の情も、今まで愛らしいと思っていた感情もなにもかもが水のように心の中から流れて消えていった。

縋りついてくる手に嫌悪を感じて反射的に突き飛ばすと、父母は烈火の如く怒って私を責めた。

妊婦になにをするのかと。

コリーニの産む子どもなど、コリーニに似て醜いに違いない。

どれだけ外面が美しかろうが、中身が汚ければ私の子どもではない。

そう吐き捨てれば、父母はまるでおぞましいものでも見るような目で私を見た。

間違っているのはコリーニだというのに、なぜ気付こうとしない！

コリーニをどうしようかと頭を悩ませていると、信じられない出来事が起こった。

コリーニがジェーヌをナイフで切りつけたというのだ。

慌ててジェーヌの元へ行けば、幸いかすり傷程度で済んでいたが、もう私の中に一切の情も残る余地がなくなった。

その事件を理由に、まだ産み月にもならないコリーニを辺境の町へと追いやった。

公爵家もさすがに今回のコリーニのしでかしたことに弁解はできないと悟り、手を出してこられないのをいいことに私はなし崩し的にジェーヌを後妻にすべく動き回った。

その間にジェーヌとコリーニは子を産んだ。

ジェーヌは彼女によく似た愛らしい女の子を。

そしてコリーニの子は私によく似た容姿の女の子だったらしい。

コリーニの産婆をしてくれた人間の報告書だけを読み、その紙を捨てた。

ジェーヌとジェーヌが産んだ子であるリリーローザ以外、私には不要なものでしかない。

そして、やっとすべての根回しが終わり、ジェーヌを妻に迎えられると思ったというのに。

コリーニは最後の最後まで私を困らせた。

離縁状を同封した手紙を送り、公爵家に戻そうと思っていたのに、コリーニは手紙を受け取ってすぐに自殺をしたのだ。

妊婦だったコリーニを数年放置しての出来事だったためにガルテン家の怒りようは尋常ではなかった。

伯爵家として社交界を渡ってゆくためには仕方がないと思い、葬儀が終わった翌日を見計らってミネレーリに会いに行き、コリーニのことを引き合いに出して、ガルテン家からしぶしぶながらミネレーリを引き取ることができた。

だが、今回のことで、もう公爵家に貸しはなくなってしまい、私は最後の最後までコリーニを忌々(いまいま)しいと思いながら、ミネレーリを一瞥して、息を呑んだ。

艶のある黒髪に濃い深緑の瞳。

ミネレーリは私の面影を色濃くした容姿をしていて。

リリーローザはジェーヌにそっくりの金髪に金の瞳だ。愛しいジェーヌに似ていて愛おしいと思う。

だからなのか、ミネレーリはきっとコリーニと似た容姿をしているのだと変な自信があったというのに。

まるで私の子どもだと主張しているような姿に、目を向けることすら嫌気が差した。

ジェーヌも初めてミネレーリを目にして、いたたまれずに目を逸らし、あまりミネレーリを見ることはしなかった。

『コリーニ様に……責められているような気がします……』

優しいジェーヌは苦しそうに、私にそう告げた。

忌々しく、憎らしい。

ミネレーリのなにもかもが私の癪(しゃく)にさわる。

リリーローザにはミネレーリと仲よくしないようにと言いつけたが、「お姉様なのにどうして？」と無邪気に言葉を返してくる。

こっそりと会っていると執事から報告を受ける度に、どうやって引き剥がそうかを真剣に考えた。

だって、そうだろう？

ミネレーリの傍など、リリーローザにとって悪い影響しか与えない。

あのコリーニの娘なのだから。

けれど、その心配は数年して解消された。

リリーローザが自らミネレーリと距離を置き始めたのだ。

喜ばしいことだというのに、苦々しい思いで私の心はいっぱいだ！

距離を取り始めたのは、リリーローザはあまり勉学やマナーなどの習い事が上手くいかずに、反対にミネレーリは驚くほど優秀で教師達はこぞってミネレーリを褒めるからだ。

リリーローザの前で、リリーローザの気持ちなど知る由もなく！

何度家庭教師を入れ替えても結果は同じ。

その度に塞ぎ込むようになったリリーローザを見ると、ミネレーリへの悪感情は増大していくばかり。

社交界にデビューすると、瞬く間に周りを味方につけた手腕に吐き気を覚える。

それに引き替えリリーローザはデビュタントを迎えても、初々しいまま。

かつてのジェーヌを見ているようで、微笑ましく思っていたのだが、その気持ちすらもミネレーリは踏みにじろうとする。

『お父様、リリーローザに男性の方と距離が近すぎると、注意をお願いいたします。私の言葉では聞いてはくれません』

『お父様、リリーローザに危機感というものを養わせてください。さすがに私一人では見張るのにも限界があります』

『お父様、リリーローザに無闇に男性からのプレゼントは受け取るなとおっしゃってください。リリーローザにプレゼントを渡された方は婚約者がいらっしゃるのです。それに簡単に物を受け取っているようでは軽く見られてしまいます』

私に話すことはリリーローザへの苦言ばかり。

リリーローザだって頑張っているのだと言えば、無表情の顔に呆れを滲ませる。

ミネレーリの言うことは正しい。

だが、人の成長の速度は人それぞれだろう。

『それではリリーローザのデビュタントは早すぎたのでしょうね。頑張っている、で認めてくれるのならば、こんなに喜ばしいことはないでしょう。ですが、社交界は結果がすべてです』

親である私を見下すような言い方に、イライラが募る。

わかっている。

わかっている！

黙れ！

喋るな！

視界に入るな！

真に正しいのは私なのだから！

お前は間違いだらけのコリーニの娘なのだから！

そう、間違いだらけ。

妹と同じ男を好きになる恥知らず！


『私もウィスティリア公爵家子息様のことが好きだもの。お互いライバルね。頑張りましょう』

選ばれるのはリリーローザだ！

優しく可憐な！

気位ばかり高いコリーニの娘が選ばれるはずなどない！

絶対に！

そう確信していた…………はずだった。

「おとうさま！　いっしょに遊びましょう！」

リリーローザが無邪気に笑って、手を伸ばしてくる。

それに頷くこともできずに、乾いた笑いが口から零れた。

あの忌まわしい事件以来、リリーローザは心を病んでしまい、精神年齢が幼子に戻ってしまったかのような話し方をする。

お前が愚かだったのだと、知人に怒鳴られ、返す言葉もない。

ゲヴィヒトは十二歳ぐらいからの友であったが、女性の好みが似ていて、互いがジェーヌに想いを抱いていると知ったときは、好敵手として競い合った。

ジェーヌが私の手を取ってくれたときに、勝敗は決まっていたが、それでもゲヴィヒトの想いは変わらないまま。

よもやその想いが歪み始め、リリーローザへ向かうなど思いもしていなかった。

だからこそ、我が家との縁を断ち切ったというのに。

ゲヴィヒトができているからと立ち上げた事業が上手くいかず、こんなことになってしまい。

せめてリリーローザが理解して、嫌だと言ってくれれば、屋敷を手放してもかまわなかったのだ。

だが、優しかったゲヴィヒトに騙されて、リリーローザは嫁いでいってしまった。

そして、最悪の結果をもたらし……。


「おとうさま！　はやく！」

リリーローザに強引に引っ張られ、椅子から腰を上げる。

こういうときにリリーローザに駄目だと言うと、泣き喚いて手が付けられなくなるのを、もう身をもって知っていた。

それでも数日前、ミネレーリとカクトスが結婚式をしたと使用人がこっそりと会話していたのを聞いたときの暴れぶりよりはいい。

あのときは久しぶりに大変な思いをした。

『わたくしがカクトス様と結婚するの！　おねえさまよりずっと好きなの！　カクトス様！カクトス様！　カクトス様！』

錯乱する姿に重なったのは、コリーニだった。

違う。リリーローザはコリーニの娘ではない。

コリーニの娘はミネレーリだ。

『確かにミネレーリ嬢の母君は、大変な過ちをおかしてしまった。けれど、このままではいずれリリーローザ嬢も同じようになりかねませんよ』

ミネレーリのことでガルテン公爵家との話し合いが持たれた折、シェルツ・ガルテンは憐れみを込めた瞳で、私にそう言った。

『あなたも間違いだらけだ。ミネレーリ嬢があなたに似ていなくてよかったですよ』

こんなことになって心の整理がつかないジェーヌは、こっそりとミネレーリの結婚式を見に行き。

慌てて連れ戻そうと躍起になる私の目に映ったのは、コリーニや私の面影すらない笑顔を浮かべるミネレーリ。

髪も瞳も私と同じだというのに。

ああ、ミネレーリはコリーニとも私とも違うのだと、そのとき初めて気が付いた。

けれど、リリーローザが子どものように笑っている。

使用人が減った屋敷で、今日もジェーヌは泣いているのだろう。

なにが間違っていたというのか。

いったいなにがいけなかったというのか。

わからない。

わからないんだ。

逃避

人は幸せになるために生まれてきたの。

だから、すべて運命だと思っていたわ。

あの人と出会ったことも、リリーローザが生まれたことも。

わたしが幸せになるのに必要なこと。

けれど……これがわたしの運命だと言うの？


貴族の子爵家の令嬢として生まれ、なに不自由のない生活を送ってきた。

でも、そのことで傲慢な考えを持つことなどなかったわ。

領民がいるからこそわたし達の暮らしがある。

孤児院などに寄付するような上位貴族ほどの裕福さはなかったけれど、綺麗なドレスが着られて、豪華な食事を食べられる。不満なんてあるはずもなかった。

そんなわたしも年頃になるにつれて、夢を持つようになったの。

大それたことではないし、女の子だったら誰もが一度は思うことよ。

好きな人ができて、その人と結婚したいって。

政略結婚がほとんどの貴族社会だけれど、夢を持つことぐらいは許されると思っていたし、できるなら恋愛結婚をしたいと望んでいた。

そんなわたしに運命の出会いが訪れた。

彼、チェスティ・ヤヌアール伯爵子息殿。

素敵な人だと初めて見たときから思っていたし、周りの友人達も彼を見かける度に瞳を輝かせて騒いでいた。

その彼がわたしを好きになってくれるなんて、まるで夢のようだった！

甘い言葉を耳元で囁いてくれて、大事に大事にお姫様のように扱ってくれる。

プロポーズされたときは天にも昇る心地で、両親もすごく喜んでくれた。

けれど……。

彼の両親に挨拶に行って、わたしは現実を突き付けられたの。

『チェスティ、貴方はコリーニ嬢を妻にするのではないの？』

困惑した彼の母親の言葉に、私は衝撃なんてものじゃないぐらい動揺した。

コリーニ。

コリーニ・ガルテン公爵令嬢。

美しく可憐な人。

社交界で男性達が、こぞってダンスの相手をしたがっているのを何度も見たことがあった。

でも、その男性達の誘いに応えたことは一度もなく。

誰か想う方がいるのだろうと、友人達が話していたのを思い出す。

まさかチェスティ様の幼馴染だったなんて思いもよらなかった。

爵位も、美貌もなにひとつ叶わない相手に戦慄していると、チェスティ様は叫んでくれたの。

『なにをおっしゃっているのですか！　コリーニとは幼馴染であり、それ以上の関係ではありません！　母上もご存じのはずです！』

嬉しかった。

と同時に不安も押し寄せてきた。

間違いなくコリーニ様の想い人はチェスティ様だ。

長年一緒に過ごしてきた時間を持っているコリーニ様にわたしは勝てるのだろうか、と。

チェスティ様は「君だけだから」と何度もなぐさめて抱きしめてくれた。

でも、不安だった。

不安でたまらなかった。どうしようもなく。

そして、コリーニ様がわたしの前に現れたとき、すべてを諦めなければいけないとわかったの。

コリーニ様はずっと微笑みながら、私と話してくれていたけれど、瞳の奥には隠し切れない嫉妬が渦巻いていた。

チェスティ様のために別れてほしい。

コリーニ様と結婚したほうが、チェスティ様には色々な恩恵が与えられる。

コリーニ様が笑顔でわたしに話すことは刃になって、私の胸を抉った。

わたしの家にはコリーニ様ほどの爵位もなければ、財力もない。

コリーニ様の形のいい唇から「不釣り合いでしょ?」と言われて、頷くこともできずに俯くしかできなくて。

コリーニ様が怖かった。

だから、姿を隠していてほしいという願いを承諾してしまっていた。

両親にも打ち明けずに家を出て、コリーニ様の用意してくれた使用人が数えるほどしかいない屋敷で息をひそめる日々が一年以上続き。

ある日、使用人達の会話を盗み聞きしてチェスティ様とコリーニ様が結婚したことを知ってしまった!

誰にも告げずに自分から逃げ出しておいて………ショックだった。

泣いて、泣いて、泣いて。

ああ、わたしはこんなにもチェスティ様を愛していたのだと気付いたの。

会いたくて、会いたくて、会いたくて!

コリーニ様への怖さもなにもかも忘れて、チェスティ様の面影だけを追って会いにいって、その胸に飛び込めば、強く、けれど優しく抱きしめてくれたわ。

『私が愚かだった！』

そう言って泣いてくれたチェスティ様が本当に愛おしくて。

戻ってきてよかったと思ったの、心から。

チェスティ様の計らいで両親の元に戻り、わたしは不安もあったけれど、抱きしめてくれる
チェスティ様の体の熱を感じて、いつも落ち着いた。

コリーニ様と別れて、わたしと一緒になると約束してくれたチェスティ様を信じた。

そうしてわたしに宿った命に、神様が祝福してくれているんだと思ったわ。

誰もがわたしを祝福してくれた。

なのに…………どうして…………。

「おかあさま！　あそびましょう！」

幼いときと変わらない笑顔で、娘のリリーローザは笑う。

手を伸ばしてくる。

やめて……。

「おかあさま？　どうしたの？」

お願いだから、こっちに来ないで……！

「おかあさま？」

伸ばされた白く細い手を反射的に叩き落としていた。

「こっちに来ないで！」

ぽかんとまるでなにが起こったのかわかっていない顔をしていたリリーローザは、叩かれたことがわかった瞬間、泣き始めた。

「泣かないでちょうだい！　リリーローザ！」

叱っても叫んでも、リリーローザは泣きやまない。

ほどなくして騒ぎを聞きつけたのか、チェスティ様が部屋に入ってきたけれど。

「おとうさま！」

「リリーローザ！　大丈夫かい？　ジェーヌ……いい加減にしてくれ」

呆れた声音にカッとなる。

どうして、わたしの気持ちをわかってはくださらないの！

「こんなのはリリーではありません！　お医者様にきちんと診せて」

「いったい何人の医者にかかったのか忘れたのか？　もう、リリーローザはこのままなんだよ」

「そんなことありませんわ！　あなたはリリーを甘やかしているんです！」

リリーローザがこんな状態になってしまってから、出歩くことすらままならなくなってしまった。

友人達と開く大好きなお茶会も、ドレスの新調にあれこれと悩む喜びがある夜会にも出られない。

出たところで突き刺さるのは非難の目ばかり。

なにもしていない！　わたしはなにもしていないのに！

「……行こう、リリーローザ」

話しても無駄だと思ったのか、チェスティ様は未だに泣き続けるリリーローザを連れて部屋を出ていく。

どうしてわかってくださらないの！

あなたが守るのはリリーローザだけなの⁉

わたしはあなたの妻ではないの⁉

誰もいない自室で唇を噛みしめる。


　どうして！　どうして！　どうして！　どうして！　どうして！　どうして！　どうして！

どうして！　どうして！　どうして！　どうして！　どうして！　どうして！　どうして！

どうして！　どうして！

　どうして！　どうして！　どうして！　どうして！　どうして！　どうして！　どうして！

どうして！

泣き疲れて眠ってしまい、目が覚めると、もう夜中で。

喉が渇いて、ふらふらとした足取りで廊下を歩いていると転びそうになった。

「危ない！」

危ういところで助けてくれたのは、最近この屋敷に雇われた若い庭師だった。

「大丈夫ですか⁉　奥様！」

「……ごめんなさい。ありがとう。今までお仕事だったのね。ご苦労さま」

「いえ！　勿体ないお言葉です！　それよりも大丈夫ですか⁉　誰か呼んできましょうか？」

若い男の瞳は心配そうにこちらを見てきているが、その瞳の中に僅かな炎があることにジェーヌは前々から気付いていていた。

そっと庭師の肩に手を回せば、びくりと跳ねる体が可愛い。

そうよ……。

わたしは間違えたのよ、運命を。

だから。

「ディデュ！　こんなところにいたのか！」
「ジェミオス～」

人通りの多い通りを抜けて、人影がまばらになった道で一人の少女が泣いていた。

その少女に慌てて駆け寄る少年がいる。

人とぶつかったのだろう。

少年が駆け寄った少女の傍には年配の女性も倒れていた。

「お母様にあまり遠くには行くなと言われていただろう！　それに人にぶつかるなんて！　すみません、ご婦人！　大丈夫ですか⁉」

ジェミオスは小さい手を女性に差し出した。

か細い声だが、ありがとうと聞こえてきて、ほっとする。

「ご、ごめんなさい～」

「泣くな！　ウィスティリア公爵家の令嬢として恥ずかしくないのか！」

ジェミオスの手を取ろうとしていた女性の手が、ディデュを叱る声にピタリと不自然に止まった。

ジェミオスはどうしたのだろうと屈み込もうとして、その女性の顔を見て一瞬ぽかんと口を開けてしまいそうになる。

その直後、馬の蹄（ひづめ）の音が聞こえてきてウィスティリア公爵家の家紋が入った豪勢な馬車が近くに停車した。

「ジェミオス、ディデュは見つかったの？」

「お母様！」

馬車から降りたミネレーリに飛びついたディデュは、また泣き出してしまう。そんなディデュのドレスに転んだせいで土が付いていることに気付いて、ミネレーリは苦笑してドレスの汚れをはたいた。

「ディデュは泣き虫ね。ジェミオス、あら？　そちらの方は？」

倒れている女性に気付いたミネレーリの視界で、その女性がゆっくりと顔を上げる。ミネレーリに向ける妙な視線が不思議だったけれど、現状を知っているであろうジェミオスに尋ねる。

「なんでもありません、お母様。帰りましょう」

「そう？　ならいいのだけど」

ミネレーリが一瞥すると、ばちりと女性と視線が重なり合う。

疲れ切った顔をした、儚い印象の綺麗な年配の女性だったが、気に留める必要はないというジェミオスの言葉に従い、馬車に乗り込んだ。

ジェミオスが女性をあのままにしているのは、きっと理由があるからだ。

父親であるカクトスに似て、子どもながらに紳士的なジェミオスがいいと言うのだから放置しよう。

動き出した馬車の中で、未だに泣くディデュをあやしながら、ミネレーリはすぐにその女性の存在など遠い彼方へと忘れ去った。

「本当に似なくてよかったわね～。ミネレーリに」

王都で最近流行しているという紅茶に口を付けながら、ミンティは何度目かもわからない言葉を紡ぐ。

「そうね。それはミンティと同意見だわ」

「毎回毎回思うけど、皮肉なんだから言い返しなさいよ」

「本当のことに言い返してどうするの？」

「……カクトス様の血のおかげね。ミネレーリの子ども達がまともなのは」

溜め息を零して紅茶に砂糖を足しながら、そういえばとミンティは思い出す。

「そういえば、ミネレーリはもう聞いたの？」

「なんのことかしら？」

「ヤヌアール伯爵家のことよ」

ああ、とミネレーリは相槌を打つ。

「お義母様が若い庭師の青年と駆け落ちしたと聞いたわ」

「その後のことは？」

「興味がないわ」

相変わらずだとミンティは思う。

二児の母親になってもミネレーリは変わらない。

なにひとつ。

「戻ったらしいわよ。ヤヌアール伯爵家に。そのお義母様」

「……聞き間違い？」

「いいえ。聞き間違いじゃないわよ。戻ったのよ、駆け落ちして数か月してね」

それはまあ、なんとも恥知らずというか。

「貴族の令嬢として暮らしてきたから、民の暮らしにすぐに音を上げたみたい。まあ、さすがにヤヌアール伯爵も一緒にはもう住めないってことで別宅を与えたらしいけど。使用人はほとんどいないみたい」

「そう……お母様を選んでいたら………違う結末だったのかしら」

ミンティは、そのミネレーリの呟きになにも返してはこなかった。

狂うほど父を愛していた母なら、どんなところにでもついて行っただろう。

死ぬまで、ずっと。

けれど、それが父にとって望まないことだったから今があるのだ。

考えても仕方がないことなのかもしれない。

ミネレーリはそっと瞼を閉じた。

今ではもうおぼろげにしか思い出せない母の面影を思い浮かべながら。

「ミンティおば様、お帰りですか？」

「あら、ジェミオス。ええ、今帰るところよ。次来るときはなにかジェミオスとディデュの好きなものを持ってくるわ。息子も会いたがっていたけれど、今日は予定が入っていたのよ」

ちょうど帰ろうとしたところで出会ったジェミオスに笑顔を向ければ、ジェミオスは少し困った顔をした後、口を開いた。

「ミンティおば様……言おうかどうか迷ったんですが、おば様には伝えておこうかと。あ、父上にはもう伝えています。先日町でお母様の義理のお母様にお会いしました」

「は⁉　え⁉　ちょ、ちょっと待って⁉」

「お母様はなにもおっしゃらなかったんですよね。無理もありません。お母様は気付いておられませんでしたから」

ディデュがぶつかった女性。

その人が絵姿でしか見たことのない母の義母だったのにはジェミオスも心底驚いた。

しかも、使用人一人も連れずに貴族夫人らしからぬ格好で歩いていれば尚更。

まるであれは隠れるようだったとジェミオスは思う。

「………気付かなかったの、ミネレーリは」

「はい。まったく」

義母が顔を上げたとき、ミネレーリを見て驚いていたというのに、ミネレーリはまったく動揺もせずに普通にしていた。

馬車に乗り込むときに一瞬だけ見えた義母の顔は、なんとも言い難い。

「ジェミオスは教えなかったの？」

「はい。必要ないと思いましたから」

母に必要がないのであれば、あえて教える必要はどこにもない。

ジェミオスがそう言い切るとミンティは頭を抱えて壁にもたれかかった。

「おば様？　大丈夫ですか？」

「……やっぱりミネレーリの子どもだわ……」

末恐ろしいとミンティがミネレーリの代わりに頭痛を抱えていく羽目になるのは、この後のこと。

悔恨

わからなくて当然。
わかって当たり前。
どれだけこの二つの言葉を自分に言い聞かせてきただろう。
夫は言ってくれるのだ。
「君だけの責任ではない」と。
だったら誰の？
誰のせいだと言うの？
『狂っていただけですよ。お母様が。恋に』
そう言って感情のない瞳で笑う幼い孫に、ミネレーリに。
微かに手が震えたことを今でも覚えているわ。

コリーニが生まれたときのことは今でも鮮明に覚えている。

少しだけ暗い金髪に薄い紫の目。

可愛らしく抱きかかえれば温かい、その小さな守るべきものに、表しようもない母性が溢れ出るのを抑え切れなくて。

自然と零れる涙はすべて嬉しさで作られていた。


嫡男を生んで八年。

もう第二子は望めないだろうと思っていたなかでの懐妊が心底嬉しかったし、生まれた子が女児で兄とはまた違った育て方ができると純粋な喜びがあった。

名家であるガルテン公爵家の血筋である子なのだからと、幼い頃から礼儀作法や学問などあらゆるものを習得させ、物覚えもよかったコリーニは自慢の娘だった。

だからわがままを言われると多少甘やかしてしまう部分はあったけれど、それでもなにも知らないなにもわからないお嬢様に育てはせずに。

八歳も離れた兄にどう甘えればいいのかわからない様子だったコリーニは、自然と私の友人であるヤヌアール伯爵家の夫人の息子、チェスティを兄のように慕うようになった。

実の兄との仲は決して悪くなかったが、歳が近い分だけコリーニがどんどんチェスティに懐いていくのは自然の流れだったのかもしれない。


『チェスティお兄様！』

チェスティもコリーニを妹のように可愛がってくれて、頻繁にヤヌアール伯爵夫人と開くお茶会では二人が結婚してくれたらなんて話もしていた。

それがいけなかったのだろうか。

『わたし、チェスティお兄様のお嫁さんになるの？』

コリーニにそう尋ねられて「そうなったらいいわね」とヤヌアール伯爵夫人と笑い合った。

『わたし、チェスティお兄様大好き！　だから結婚する！』

あらあら嬉しいわなんてヤヌアール伯爵夫人の笑顔は満更でもなくて。

本当にそうなったらいいのにと、このとき思ってしまっていた。

将来、違う人を選ぶ未来も予想しながら、そうなってくれたらいいなと。

コリーニの想いが本物だと気付いたのはコリーニが学園に入学する前だった。

『私はチェスティお兄様としか結婚しないわ』

頻繁に持ちかけられるようになった縁談にコリーニが笑顔で答えて、夫と話してその方向でヤヌアール伯爵家とも少しずつ話し合いを重ねていこうということになっていた矢先、チェスティが結婚したい人だと子爵令嬢をヤヌアール伯爵と夫人に紹介したと聞いて。

とてもとても残念だったけれど、これも縁だと諦めるしかないとコリーニに話したのだ。

でも、それはコリーニにとって受け入れがたい事実でしかなく。

『嫌よ！　だってチェスティお兄様は私と結婚してくれるって言ってくれたもの！　チェスティお兄様が嘘なんて言うはずがないわ！』

泣いて暴れて、部屋に閉じこもり食事もしなくなり、困り果てた夫がヤヌアール伯爵家に話をしに行ってくれたけれど、チェスティは断固として子爵令嬢と結婚すると言い切り、それ以降コリーニとは会ってはくれなくなった。


毎日コリーニの部屋からなにかが割れる音がする。

食事もせず風呂にも入らず。

泣き続ける声だけが聞こえる。

屋敷の者は皆心配して、扉の前にメイドを配置しては様子を窺い。

けれど、とうとう音すらしなくなった部屋に焦って扉を壊して入れば、元の部屋の面影すらない、物が散乱した部屋でコリーニは痩せ細り倒れていた。

すぐに医師に診てもらうと栄養失調と診断され、無理にでもベッドの上で食べさせる生活が始まって。

細くなった胃を戻そうと躍起になるわたしと夫に抵抗せず、泣きながらゆっくりと口に入れたものを咀嚼していくコリーニに「もう諦めて」と、その言葉がどうしても言えず。

それは夫も同じで公爵家の仕事をしながらも、夜は看病をして二人で頭を悩ませ続けた。

別荘がある保養地に数か月も滞在したり、意味もなく外に連れ出して陽の光を浴びさせたり。

だから、まだやつれてはいるけれど自分の意志で立ち上がり「チェスティお兄様に会いに行く」と言われたときは驚いて何度も制止したが、「話がしたいの」と言われてしまえば止めることもできなくなる。

落ち着いて馬車に乗り込むコリーニを見送って、これで諦めがつけばいいと願った。

なのに事態はまるで思ってもみなかった方向に転がっていって。

チェスティがコリーニとの結婚を承諾したのだ。

そのときになって初めて子爵令嬢が姿を消したことを私と夫は知った。息子は知っていたが、コリーニには話すべきではないと思ったらしい。ヤヌアール伯爵家に突撃して一方的に結婚を迫りかねなかったからと。

そんな気力はどこにもなかっただろうと夫は息子に怒鳴っていたが。


…………すべて。

すべて、息子の悪い想像と予感が当たっているなど考えも及ばなかった。

コリーニが自分を心配するメイド達に頼んで内緒で屋敷を抜け出して子爵令嬢に会っていたこと。

姿を消してほしい。そのほうがチェスティのためだと脅迫したこと。

別荘に自分のお金でメイドを複数人雇い入れ、そこに隠していたこと。

コリーニは夫が毎月渡しているお小遣いをほとんど使っていなかった。あまり華美な装いも装飾も好きではないコリーニはそのお金を貯めていた。

それが原因になるなんて思いもしないまま。

結婚をしてコリーニはとても幸せそうで。

ヤヌアール伯爵夫妻も安堵の表情を見せていた。

幼い頃からよく知っているコリーニのほうが、やはり夫妻も愛着があったのだ。


『早く赤ちゃんがほしいわ』


そう幸せいっぱいに笑うコリーニと、「そうだな」と恥ずかしげに笑うチェスティの姿が壊れる未来など思い浮かぶはずもなく。

すべてが明るみになりわたし達がどれだけ怒ろうとも、コリーニは変わらなかった。

『私はチェスティお兄様のためにやったの！　それに結局逃げ出したのだから、それぐらいの気持ちだったのでしょう！　私は違うわ！』

変わらずチェスティを愛し続けて。

すぐにでも離縁させようとしたが、子ができてしまっていた。

そしてほぼ同時期に子爵令嬢の懐妊も判明し。

ヤヌアール伯爵夫妻はせめて離縁してからだろうと烈火の如くチェスティを責め立てた。

『コリーニの産む子どもなど、コリーニに似て醜いに違いない！　どれだけ外面が美しかろうが、中身が汚ければ私の子どもではない！』

母親としてチェスティの言葉に怒るべきところだった。

けれど、今までのコリーニの所業がそれをよしとはせず。

刃傷沙汰まで起こしてしまった娘を、辺境の町に追いやるチェスティを見ていることしかできないまま。

援助はできても到底会いに行くことはできなかった。

今回の件で息子からコリーニをいったん放置しないならば家を出ると宣言され、ガルテン公爵家のためにもこれ以上の醜聞は避けねばならない。


コリーニがチェスティの外見によく似た女児を産んだことを知って。

子どものためにも、いつか正気に戻ってくれることを願っていた。

少しずつ狂っていっていることを。

わたし達はなにも知らないまま。

コリーニは死んだ。

コリーニに関する精神的な部分の報告書を握り潰していた息子を夫は殴り飛ばし、蹴り上げ。

『お前は妹がおかしくなっているのに放っておいたのか！』

夫はチェスティだけの味方をした息子を見限った。

コリーニが悪いのはわかっている。

あんなことをしでかしたのだ。

普通に生活できているだけで、どれだけ幸福なことか。

それでも医師にも診せず、妹を見殺しにした息子をわたしも許せなかった。

幸いにもすでに孫であるミンティがいる。

ミンティの夫に爵位を継承させると夫は言い、適当に持っていた爵位を渡して息子を放り出した。


『お父様？　わたし嫌いだからかまわないわ。だって仕事は全部お祖父様にやってもらってるじゃない。わたし能無し次期公爵の娘って呼ばれているのよ』

『お父様は自分だけが可愛いの。だからなにかあったらわたしも切り捨てるわ。だって叔母様は悪者なんでしょう？　都合が悪いから切り捨てたのよ』

ミンティの言葉に息子のこともわかっていなかったのかと乾いた笑いが口から漏れた。

コリーニの葬儀は貴族の葬儀とは思えないほど、ひっそりと行われ、そこで初めてもう一人の孫であるミネレーリと対面した。

齢（よわい）七歳弱の女の子が泣きもせずに、ただじっと棺だけを見つめ続けているさまに罪悪感でいたたまれなくなって「ごめんなさいね。なにもできずにいて」と言ったら――。

『狂っていただけですよ。お母様が。恋に』

淡々とそう答えて微笑むミネレーリに背筋が冷えたのを鮮明に思い出せる。

この子をこのままにしてはいけない。

もちろん引き取るつもりではあったけれど、もっと接して関わっていかなければいけないと心が警報を鳴らす。

なのにコリーニの葬儀が終わった翌日にチェスティが現れて、ミネレーリを引き取ると言い出したのだ。

それが父親の役目だからと。

わたしも夫も反対したが、コリーニは名義上だけでも自分の妻だったのだから、子爵令嬢を傷つけた噂を少しでも緩和させるためにミネレーリを連れて帰ると半ば強引に押し切られた。

コリーニのしでかしたことで、ガルテン公爵家もヤヌアール伯爵家も貴族達にとってはいい話の種で。

コリーニが死んでしまった今、それはもっと加速してしまう。

もうこれ以上、愚かな娘であっても笑いものにされてしまうのは嫌だったからこそ、ミネレーリをヤヌアール伯爵家に渡し、監視としてガルテン公爵家からメイドや侍従を数人雇わせることを条件とした。

父親に虐(しいた)げられないよう。

母親に無視をされないよう。

妹と扱いが違わぬよう。

ガルテン公爵家からも教師を雇い、ミネレーリに付けると驚くほどの優秀さを見せてマナーや学問を吸収していく。

同じく優秀だったミンティと仲よくなり、異母妹であるリリーローザとも関係は良好。

積極的にリリーローザのほうがミネレーリに話しかけているようで、わたし達には決して向けない優しい笑みが、わたしを酷く安心させた。

でも、徐々に何事も上手くいかなくなっていく。

『リリーローザはあまり勉強とかマナーとかが得意ではないわ。きっと比べられるわよ、ミネレーリと』

ミンティの予言めいた言葉は的中し、リリーローザはミネレーリから離れていってしまった。

デビュタントを迎える頃になっても不安要素は消えず。

『私がリリーローザを守っていけばいいことです。必要最低限しかしませんが』

ミネレーリはそう言って本当に守っていた。必要最低限と言いながら、少し過剰にも見えるぐらいに。

『リリーローザに妹としての愛情はあるんですよ。それが消えてしまわないことを願うばかりだわ』

わたしよりもミネレーリをわかっているミンティの言葉は、やはり当たってしまう。

ヤヌアール伯爵家が落ちぶれていくさまを見ながら、すでに亡くなってしまった先代のヤヌアール伯爵夫妻を思う。

泣くことが増えた伯爵夫人にかけられる言葉はひとつもなかった。

ミネレーリにいつも謝り縋って。

わたしもコリーニのことがあって大分、泣き癖が付いてしまい、それを悟らせないように気を張ることにいつも必死だった。

鎧を身に纏い笑顔を浮かべることの難しさに心は悲鳴を上げていた。

今でも、誰が悪かったのかと考えてしまうときがある。

産んだわたしが悪いのか。

それともコリーニ自身が愚かすぎたのか。

子のことならわかって当然、当たり前。

わたしにはわからなかった。

コリーニがどうしてあそこまでチェスティを愛していたのか。

狂うほど手に入れようとしたのか。

そんなことを考えていると、カクトス様と結婚したミネレーリが、報告があるとガルテン公爵家を訪ねてきた。

ふとわたしがテーブルに置いた編みかけの手袋を見て。

「……お祖母様、私、母とずっと一緒にいたかったのです。……できるならずっと」

そんなことを言うミネレーリを初めて見て。

ミネレーリはそっとお腹に手を当てた。

「そう思ってもらえる母親になれるでしょうか？」

一拍おいて泣き出したわたしをミネレーリは優しく抱き留めてくれた。

誰が悪かったのか。

きっと一生わからないまま。

それでもミネレーリのコリーニへの想いが間違えようもなく愛だから。

わたしはそれを答えにして生きていくことしかできない。

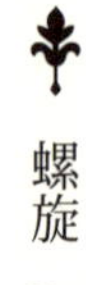

螺旋

『姉様！　姉様！』

『どうしたの？　テーヴィア』

わたくしが駆け寄ると、微笑んで読んでいた本から目線をこちらにくれる。

『なんのご本を読まれていたのですか？』

『ああ、これはね、ブラインド王国の歴史書ですわ。嫁ぐのですから、きちんと勉強しておかないといけないですからね』

わたくしが尋ねると姉様は少しだけ頬を赤らめて、嬉しそうに本の表紙を指でなぞる。

それが少しだけ不満で、わたくしは口を尖らせた。

『姉様が結婚されたらいなくなるの……さびしいです……』

俯くわたくしの頭を優しく撫でてくれて。

『テーヴィアもいつか誰かのお嫁さんになるのよ。その方のために努力したいと思う日がきっとくるわ。それにテーヴィアにはお父様も王妃陛下もイルザもいるでしょう？』

『姉様？』

優しいのに、悲しさが含まれている声に顔を上げれば、複雑な感情を乗せているようなレヴェリー姉様の瞳とかち合う。

どうしてそんな目をしているのか。

聞こうとして、でも聞けなかった。

聞いてはいけない気がした。

それを聞いてしまったら、姉様が遠くに行ってしまうようなそんな気がしたから。

「………ま………さま、姫様！」

揺りかごの中を揺蕩(たゆた)っていたテーヴィアは、自分を覚醒させようとする声に、ゆっくりと瞼を開ける。

豪華な馬車の中は動いているのに、あまり揺れを感じないせいで眠りに落ちてしまっていたようだった。

「アリナ、ごめんなさい。寝てしまっていたわ」

「いいえ。長旅だったのですから仕方がありません。ですが、もう少しでブラインド王国に入りますので」

二十歳過ぎの笑顔が印象的なアリナはテーヴィアがクラウス公国から連れてきた侍女だ。

最初は四十代ぐらいの未亡人であるメイドを選ぼうと思っていたテーヴィアに自ら立候補してきたのがアリナだ。

結婚もしていない、ましてや二十代そこそこのアリナを輿入れに連れていくのは正直抵抗があったが、アリナはあっけらかんと笑ってテーヴィアに言い切ったのだ。

「公国にいても嫁の貰い手がない」と。

アリナの実家は貧乏子爵家で結納金が出せないことで、未だ結婚できていなかったらしい。

『私のように平凡な人間は結納金ぐらいしか他の女性に勝てるところはありませんが、それもなかったものですから』

アリナはテーヴィアがクラウス公国にいた頃から仕事熱心で博識。

細やかな気遣いもできるし有能だと断言できる。

いくら結納金が望めなくても夫を支えるには十分すぎる器を持っているのに、男性は見る目のない人が多い。

夜会のパーティーなどで妻が浪費ばかりしてとか、簡単な帳簿の計算ができないとか愚痴っていた男性達に容姿や爵位、お金で選ぶからだと言ってやりたい。

だが、それは口には出さずにテーヴィアはカーテンの閉まった窓を見つめる。

「もうすぐブラインド王国なのね……」

「やはり寂しいですか？」

「違うと言えば嘘になるけど、それよりもまだ自分が結婚するという実感があまりないの」

豪華な馬車でクララウス公国から何日もかけて百人単位で仰々しく移動してきた。

祖国を離れ、そしてこれから祖国となる国へ。

三年前からその覚悟はできていたのに、なんとも自分の気持ちがふわふわとしていて妙な気分だ。

ブラインド王国に入った瞬間からテーヴィアの妃としての仕事は始まる。

いずれ王となる王太子の婚約者で公国の姫君。

カーテンを開けて、こちらに目を向ける民達に笑顔を浮かべる。

それを王宮に入るまで続けるのだ。

ここからはまる三日間、夜の休み以外に表情筋の休みはない。

けれど、それは連れ立ってクララウス公国から一緒に来てくれた者達にも言えること。

数人はブラインド王国に一緒に住むことになるが、大半がクララウス公国に帰還することになるから、また数日間歩かねばならないのに、ここまで盛大に盛り上げてくれている。

疲労もすごいだろうが、テーヴィアには一切見せない。

申し訳なさと共に気合も入る。

「よし！　ミネレーリ様直々のご指導で培った笑みで乗り切るわ！」

「頑張りましょう。姫様」

そうして三日後、王宮に入る頃になってもテーヴィアの表情筋はひとつも崩れず。

出迎えた王太子であるエールフランもにこやかな笑みを湛えている。

エールフラン・ブラインド。

前王太子だったバルムヘルツの弟君でテーヴィアよりひとつ歳が上だが、初めて対面したときは女の子だと勘違いしそうになったほど男性には似つかわしくない可憐な容姿をしている。

年々その容姿の中に男らしさも加わってきてはいるけれど、まだまだ可愛らしいと表現するしかない容貌だ。

「エールフラン王太子殿下、お久しぶりでございます」

優雅にカーテシーをして顔を上げると、嬉しそうな顔をしたエールフランがいる。

「待っていました、テーヴィア殿。これからよろしくお願いいたします」

「こちらこそ。エールフラン様」

礼をするエールフランに微笑めば、ブラインド王国の王も王妃も喜びを隠さない顔と声で高らかに宣言する。

「この度、クララウス公国より輿入れをしてきたテーヴィア姫だ！　結婚は半年後となるが、今このときから妃殿下の立場で皆接してほしい！　ブラインド王国のますますの発展をここに望む！」

歓声が沸き起こるなかで、そっと差し出されたエールフランの手にテーヴィアは自分の手を重ねた。

結婚までのこの半年間はブラインド王国に馴染むため、そして結婚式の準備のためのものだが、この三年間、かなり二か国を行き来していたおかげで緊張することなく、王宮に用意された妃の私室へと案内された。

隣は王太子の私室で扉一枚で繋がっているが、その扉が開いていてエールフランは慌ててその扉を閉める。真っ赤になっているその顔にクスリと笑みが零れてしまう。

「半年後には夫婦になるのですから、わたくしは気にいたしませんよ？」

「いや！　あの！　そう、なんですが！　ま、まだテーヴィア様はこちらに来られたばかりですし！」

本当に初々しい反応に周りの侍従もメイド達も温かい目で二人を見てくる。

「あ、明日はテーヴィア様の歓迎パーティーが開かれますから、その準備をしてください！ぼ、僕はパーティーの準備の確認に行ってきます！」

「ありがとうございます。では、お戻りになりましたらお茶をご一緒にいかがですか？」

「はい！　それでは！」

恥ずかしさからなのか脱兎の如く出ていったエールフランに笑いが零れるのをテーヴィアは止めることができなかった。

エールフランとは話したいことが山ほどあるが、今はこの楽しさに浸っていたい。


『幸せにおなりください』


ミネレーリのお別れの際の言葉に、テーヴィアは知らず知らずのうちに胸の内で答えていた。

「ミネレーリ様、わたくし絶対にエールフラン様となら幸せになれます」

歓迎パーティー当日、テーヴィアはエールフランから贈られた黄緑色のフリルを大胆にあしらった豪華なエンパイアドレスに、胸元にはエールフランの瞳と同じ青さの大きなサファイアのブローチ、そしてパールのネックレスを身に着けて、王族が登場するパーティー会場の最上階段の前に立っていた。
「テーヴィア様、本当にとてもよく似合っています。眩しすぎて直視できないほどです」
テーヴィアのドレス姿を見てから、ずっと褒めてくれているエールフランの顔は紅潮していて、可愛いと素直に思ってしまう。

「ありがとうございます。エールフラン様もとても素敵です」

照れているエールフランと談笑していると、ブラインド国王の大きな声が響き渡った。

「皆の者、今日はよく集まってくれた。では紹介しよう。王太子エールフランとクラウス公国のテーヴィア姫だ！」

エールフランの腕に自分の手をそっと添えて、開かれた扉に向かって歩いていく。

歓声につつまれるなか、テーヴィアは自分を値踏みする視線を複数感じた。

一挙手一投足、テーヴィアの仕草や動きを見逃すまいとする視線。

クラウス公国でも社交界で浴びせられてきたものだ。

『微笑んで堂々と、でも胸は張らずに。二回目の登場以降は扇が使えますが、それでも目は隠し切れません。柔らかく微笑み続けて隙を与えずに。作らずに』

ミンティからの指導は厳しかったが、どれも形をなしてテーヴィアを守ってくれる。

感嘆の声すら上がる会場で、テーヴィアは貴族達を魅了していく。こんなものは三日間笑みを作っていたことに比べればなんてことはない。

傍らにいるエールフランに微笑めば、微笑みが返ってくる。

この場でテーヴィアとエールフランは戦場の友のような関係になり、これから結婚する二人ではなく戦いを勝ち抜く仲間になる。

三年間の交流から、ここまでの関係になるにはぎこちない時期もあったけれど、エールフランがクラウス公国を訪れた際に、カクトスとミネレーリ、ミンティが叩き込んでくれたすべてがきちんと身になって、自分自身を、そして互いを助けてくれていて。

　自分達の成長を感じる度に喜びを分かち合った。

　国王と王妃にお辞儀をして用意された席に座ろうとした瞬間だった。


「テーヴィア様！」

　いきなりエールフランがテーヴィアを背に庇ったと認識したと同時にベシャッと気持ちの悪い音が間近で弾けた。

「エールフラン様⁉」

　エールフランの綺麗な刺繍の服の腰あたりから裾まで桃やパイン、ブドウやキウイが付いていて床には皿が落ちていることからパーティーで出されているフルーツを投げつけられたのだとわかった。

　そして、投げつけたであろう女性は肩で息をして、こちらを睨みつけている。

　二十代あたりの女性だろうか？　仁王立ちしてすごい形相のせいで綺麗な顔立ちが酷い有様になってしまっていた。

「全部あなたのせいよ！　あなたがバルムヘルツ様を誑かしたから、わたしがこんな目に遭っているのよ！」

　三年前の一時期は存在すらも忘れ去りたかった人物の名前に、テーヴィアは自分の心の奥が冷えていくのを感じていた。

周りは騒然としていて、まさか王太子と次期王太子妃にこんなことをしでかす人間がいるなど思いもしていなかったのか混乱が徐々に大きくなっていく。

エールフランを背にして立ち上がったテーヴィアがなにかを言う前に、その女性を押さえつけて中年の男性が両手を拘束しようとするが、それよりも早く女性が押さえつける手を振り払う。

「お前はっ！　お前はいったいなにをしているんだ！」

「わたしは悪くないわ！　お父様こそ娘の味方をするべきではないの⁉」

「キャメラ伯爵……」

エールフランの呟きには驚きと焦りがあるような気がした。

テーヴィアに聞かせたくはないなにかがある。

けれど――。

『いずれ知ってしまうことばかりなのですよ。どれだけ隠していようとも』

ミネレーリの声が頭の中で繰り返される。

未だに暴れる女性をなんとかしようとするキャメラ伯爵に、テーヴィアは会場の騒がしさの中で声を上げる。

会場は一瞬にして水を打ったような静けさになった。

「無礼者だと問答無用で騎士に連行させたいところですが、疑問があります。わたくし貴方のお顔を見たことがありません。どちら様です？」

「わたしはバルムヘルツ様の側妃になるはずだったのよ！　それをあんたがいたせいで！」

挑発に簡単に乗ってきた女性の言葉を確認したくてエールフランを見れば、苦虫を噛み潰したような顔をしながらも、ゆっくりと頷いた。

「彼女はユリアーナ・キャメラ伯爵令嬢。……兄の側妃候補だった人物だ」

「レヴェリー姉様は知っていたのですか？」

側近達によって払い落とされたフルーツはもう服には付いていないが、染みになっている。これはもう駄目になってしまう一着かもしれない。せっかくのお披露目での服だというのに。

「キャメラ家は代々王家で宰相補佐の任に就いてくれている。政略的なものではあったけれど、レヴェリー様もご存じだったよ。必要なことと割り切っていらっしゃった」

「レヴェリー様は素晴らしい方だったのよ！　同じ妃になったら一緒にバルムヘルツ様をお支えしましょうと言ってくれたのよ！　それなのにバルムヘルツ様が廃嫡されるなんて！　あなたの存在がいけないのよ！」

エールフランの説明が終わる直前にまた騒ぎ出したユリアーナは不敬この上ない。

王太子であるエールフランの言葉に言葉を被せるなど、臣下としてあってはならない。

「レヴェリー様が死んだのもあなたのせいよ！　姉を追い詰めるなんて悪魔だわ！　わたしはレヴェリー様と共にバルムヘルツ様のお傍にいるはずだったのに！」

うるさい。

とても。とても。とても。

「レヴェリー様はっ……!?」

テーヴィアはユリアーナの目の前に向かっていた。

これにはユリアーナを止めようと躍起になっていたキャメラ伯爵も、エールフランも、国王と王妃も、会場中が驚いていた。

必要ないと思っていたカクトスの護身術の移動法が、こんな形で役に立つなど皮肉もいいところ。

「その声で姉様の名前を呼ばないで。虫唾が走るわ」

「なっ……!」

「わたくしのせいにするのはやめていただけないかしら？　貴方の愛しいお方がわたくしの姉になにをしたのか知っていて？　利用して傷付けて。あれだけ一途に姉は慕っていたのに。幼い頃からの政略結婚という意味合いがあったとしても、あの方は誠実ではなかったの」

レヴェリーがブラインド王国に訪問した数は二桁だが、バルムヘルツは一度もなかったのだ。

王太子教育が忙しいという名目で。

その度にブラインド王国から国王直々の謝罪文が届いていた。

政略結婚を蔑ろにする行為だったのに、レヴェリーがいつもとりなしていたのだ。

「わたくし、ブラインド王国が好きよ。エールフラン様に好意を抱いている。でもね、あの方だけはどうしても駄目」

レヴェリーがテーヴィアを本当のところはどう思っていたのかなんてわからない。

でも、優しさすべてが嘘だったなんて思わない。

だから大好きだった。

だから憧れた。

必死に一人のためだけに頑張っているあの背に。

「姉様を奪ったこともなにもかも、わたくしは許せていないの。わたくしを怒らせないで。わたくし姉様のことでは誰かに怒りたくないの。誰にも怒りたくないの」

まさしく殺気のこもったテーヴィアの瞳に、ユリアーナは震えていた足から崩れ落ちていった。

歓迎パーティーは急遽中止となり、後日、日を改めて行うことが国王より通告された。
テーヴィアは気分が優れないと訴え、私室に戻り侍女のアリナにも一人にしてほしいと頼んで、じっと窓の外を見つめる。
せっかく晴れていた夜空を雨雲が覆い隠し、降り出した雨は次第に強くなっていく。
心を乱されたくはないのに、たったひとつの言葉でそれはいとも簡単に崩れ去ってしまった。

バルムヘルツ。

あの日を忘れることはできないし、夢で魘されたことも何度もある。

あの人さえいなければと、シーツを握りしめて泣いたことも。

『…………愚かなことをして、気付いた、と…………。真に愛しているのは、わたくしだと…………おっしゃって、くださいましたわよね…………？　テーヴィアに、謝りたいと、おっしゃって…………だから』

姉様は一途に健気に想っていた。

それを手酷く裏切ったバルムヘルツの顔が脳裏に過る。

思い出す度に過呼吸を起こしそうになっていたテーヴィアに、静かに囁くように言ったのはミネレーリだった。

『レヴェリー殿下は狂われていたのですよ。恋に。どうしてそこまで狂うほど愛してしまうのでしょうね……。見向きもされない相手に。…………母も…………』

今まで上がっていた息が正常に戻るのと同時に、頬につたうものを拭うことができなかった。

ミネレーリ様はきっとわたくしより姉様のことを理解して、理解できなくて、彷徨っている。

幼い頃から、きっとずっと。

ミネレーリ様に見つけられない答えをわたくしが探し出すのは不可能だと諦めはついた。

でも、まだまだ整理がついていないとわかって情けなくなる。

落ち込む思考はコンコンと控え目に扉が叩かれる音で、強制的に終了した。

「テーヴィア様」

エールフランの声に立ち上がって扉の前まで行くと、扉を開けようとする前に制止の声がかかる。

「開けなくて結構です。今は……落ち着かれて間もないでしょうから」

「エールフラン様……」

「今日は我が国の貴族の失態、本当に申し訳ありませんでした。明日色々とご説明がしたいのでお時間をいただけますか？　テーヴィア様さえよければですが」

「大丈夫です。わたくしもパーティーを途中で抜けてしまい、申し訳ございませんでした」

ふっと扉越しに苦笑に近い笑みが零れる気配がした。

「どうせ中止になってしまったのですから、お気になさらず。テーヴィア様はもっとご自身のことをお考えください」

「え……？」

「それでは明日。おやすみなさい」

「……おやすみなさいませ。エールフラン様」

去っていく足音を聞きながら、テーヴィアは自嘲する気持ちが湧き上がってくるのを溜め息で殺すしかなかった。

「……わたくしは自分のことばかりです」

翌日、朝食をとる気分になれず昼食近くになり、テーヴィアはエールフランに呼び出された王宮の中庭へとアリナと数人の侍女を連れて向かっていた。

昨日のパーティーでの出来事で、エールフランはほとんど睡眠もとらずに動き回っていたと聞いている。

それなのに朝、朝食を断って一時間も経たずにエールフランからの誘いがきたのだ。

朝食を断ったことをいち早く側近が教えたのだろう。

夜までには立て直せる自信があったテーヴィアは、自分のことよりもエールフラン自身を優先してほしいと思った。

この三年間の交流の中で、王太子としての器を持ちながらも優しすぎるエールフランの心根が心配になったことは一度や二度ではない。

『それをテーヴィア殿下がお支えすればよろしいのですわ。欠けている部分を補い合ってこそ夫婦です。そこは王も民もなんら変わりませんわ』

エディティ・アンバルト侯爵令嬢に諭された言葉が胸に響く。

すでに結婚しているエディティの言葉は重いし、ほんわかしている雰囲気なのに、スッと穏やかに優しげに、ときたま告げられるひと言にハッとなることばかりだった。

約束していた時間よりも少々早く出てきてしまったが、エールフランとの待ち合わせで自分が一番乗りだったことなど一度もないのだから、たまには先に待っていてみたいと思いながら歩いていると前方の廊下の先に誰かがいるのが見えた。

顔が目視できるところまで行って、テーヴィアは足を止めた。

テーヴィアと同じ年ぐらいだろうか？

鮮やかな緑色のイブニングドレスを着た少女が、二人のメイドを連れて立っていた。

足を止めたテーヴィアにゆっくりと近付いてくる。

そして、廊下の横に逸れて深々とお辞儀をしてきた。

邪魔になるからどきましたというより、あからさまに声をかけてほしいと訴えている行動だ。

昨日のユリアーナのこともあり内心ちょっと嫌だったが、声をかけないわけにもいかない。

「初めまして。テーヴィア・クララウスです。ブラインド王国のご令嬢の方ですか？」

「お言葉をいただきありがとうございます。ブラインド王国侯爵家のルウティ・マールーシャと申します」

綺麗と言うよりは可愛らしい花のような印象を受ける少女で、けれど瞳は強くテーヴィアを見ている。

「昨日、父と一緒にご挨拶に上がりたかったのですが……あんなことが起こってしまいご挨拶ができなかったことが口惜しく、本日偶然にもお姿を拝見しましたので気持ちが逸ってしまいました」

健気で貴族らしい言葉を述べてはいるけれど、廊下の先で待ちかまえていた時点で嘘だとわかる。

でも、喧嘩を売る気配は感じない。

そういえば、とエールフランから前に聞いたことを思い出してテーヴィア自身から切り込んでみることにした。

「もしかして王太子になる前に決められていたエールフラン様の元婚約者の方かしら？　お父様が財務大臣を担っているのだとエールフラン様からお伺いしたことがございます」

「……はい。……とても誠実なエールフラン様とならば国を支えていけると思っていたのですが……前王太子様の所業のせいですべてがなくなってしまいました」

僅かに肩を揺らしたものの、苦笑いをするルウティ。

喧嘩は売っていないが、恨み言はありますといったところなのだろう。

王太子になる前は婿入りして臣籍降下し、いずれ財務大臣となりブラインド王国を支えていく予定だったとエールフランは語っていた。

ルウティはエールフランを純粋に好いていたのだろう。

でも、エールフランが王太子となって婚約は白紙に戻り、テーヴィアとの婚姻が決まってしまった。

　テーヴィアの前でバルムヘルツの名前を出さなかったことは合格だが、昨日のパーティーでの一件を見ていれば口に出すことは恐ろしくてできないのだろう。

「忌まわしき過去です。わたくしの一番大切な人を奪っていったあの方を、どう許していけばいいのか今はわかりません。許さなくてもいいのかもしれませんが、エールフラン様の隣に立ち、共に歩んでいくのですから克服しなければと思っております。恋や愛だけがすべてではないと証明してこそ、姉の気持ちを浄化できるのではないかと思うのです。ルウティ様はどう思われますか？」

　貴方は共に歩ける人物ではなくなったと遠回しに言ってみれば、ルウティの顔は面白いほど強張った。

「……恋や愛も……大事なものだと思いますが？」

「政略で結ばれても愛せると、わたくしは思いますし、本来わたくしは恋や愛とは無縁の結婚をする人間でなければなりませんから。ですが、幸運にもエールフラン様には好意を抱いております。神様に感謝をしなければなりませんね」

　グッと強くルウティの持っている扇に圧力がかかったのがわかった。

　テーヴィアのように特注のものでない限り、内情が見えてしまいますよと注意したほうがいいのか、更に煽ってしまうだけなのか。

「テーヴィア様！」

かなり足止めされてしまっていたのだろう。

心配そうな顔をしたエールフランが廊下の先から向かってくる。

そしてルウティを見て、顔を顰めた。

「マールーシャ嬢、どうしてここに？」

「あ、エールフラン様……」

「ご挨拶をいただきましたので、お話をしておりました。お約束をしていた時間を過ぎてしまっていたでしょうか？」

「いえ、いつもなら十分前には来られるテーヴィア様が来られないので心配になっただけです。まだ五分前です」

「よかったです。なにかお食べになりましたか？　お忙しかったと聞いております」

「それは僕が聞きたいですよ。合間合間に軽食を食べて昨日は過ごしていましたから大丈夫です。テーヴィア様は朝食をお食べにならなかったと聞いています。軽食ですがサンドウィッチなどありますので、ご一緒にいかがですか？」

「いただきます。少しお腹がすいてきました。ではルウティ様、また」

仲のよさをこれでもかと見せつけてしまったが、かなりショックだったのかルウティは少しだけ青い顔をしている。

でも、罪悪感など湧かない。

この結婚は二か国の国交のためでもあるし、国防という意味合いもあるのだ。

恋や愛だけで動く人間に気を取られてはいけない。

『罪悪感など押し込めて、なかったものにしなさい。君は一国の王妃になるのだから』

従兄のカクトスの言葉に何度も奮い立たされてきた。

わかっている。

甘いだけだったテーヴィアという存在は捨てなければいけない。

「では行きましょう。マールーシャ嬢、侯爵と婚約者殿によろしくと伝えてほしい」

テーヴィアの手を優しく取って歩き出したエールフランがかけたひと言に、ルウティは俯いてしまい、なにも言ってはこなかった。

「先程のルウティ様はご婚約者がいらっしゃるのですね」
中庭の東屋で昼食をゆっくりととりながら、テーヴィアはエールフランに尋ねる形で問うが、エールフランが嘘をつくわけもないから疑問形にもならない問いになってしまう。
エールフランは「ええ」と頷いて、手に持っていたお茶のカップをソーサーに置く。
「幼い頃から決められていた婚約者でした。ですが……兄があのようなことをして廃嫡されてからすぐに婚約は白紙となりました。それに僕がいなくてもマールーシャ侯爵の一人娘ですから、縁談は山のように来たと聞いています」

侯爵の婿養子になれるのだ。

貴族家の次男や三男、以下筆頭の男性達がそれは群がることだろう。

だが、ブラインド王国の財務大臣、マールーシャ侯爵はとても優秀だとクラウス公国で教えられていた。下手な人物を一人娘の婚約者に据えはしないと思うが、ルウティはどうやらまだエールフランのことが諦め切れないようだ。

多分エールフランもそれには気付いているが、口に出そうとはしない。

もう婚約者ではなく、国の一貴族のご令嬢という気持ちで接し続けているのだとわかる。

「……マールーシャ嬢の今の婚約者は僕の友人なんです」

「えっ⁉　そうなのですか？」

さすがに驚いてエールフランを見れば、なんともいえない顔をしてテーヴィアを見てくる。

「だから、上手くいってほしいんですが……。優しくて優秀な友なので」

「もしかして……ご婚約者の方はルウティ様を好いておられるのですか？」

やけに含みを感じる言葉に、もしやと思っていることを聞いてみると頷かれるでもなく言葉で肯定されるでもない微妙な笑みが返ってきて、それが答えなのだと悟る。

これ以上深く聞くのもはばかられて、お茶に口を付けるとエールフランも同じようにお茶を飲む。

そして、飲み終えたとき、エールフランは静かに話し始めた。

「……昨日は本当にすみませんでした。ああいった場でキャメラ伯爵令嬢があんなことをするとは思いもしなくて。……迂闊でした」

「エールフラン様のせいではありませんし、責任は誰にもありません。あるとすればキャメラ伯爵令嬢だけだとわたくしは思いますよ」

「ありがとうございます。……父も処罰に困っています。元々婚約が白紙になったときにキャメラ伯爵令嬢にいいお相手がいればよかったのですが……ほとんど縁談の話が来なかったそうです」

「名家なのにですか？」

「兄君がおられるので伯爵家は継げませんし、元々未婚の貴族達の中での評判があまりよくなかったようで……」

「ああ……」

確かに国を揺るがすことになるかもしれない事態を引き起こしておいて、最後まで自分のことばかり叫んでいた。

気性の荒さは、どうやっても隠し切れないときがある。

譲歩するようなタイプではなさそうだったし、王太子の側妃という将来の地位だけが魅力的で手放したくなかったのだろう。

かといってエールフランとは歳の差もあるし、なによりテーヴィアとの婚約が早々に決まってしまっていた。

姉様とは全然違う。

「正直あの方を今でも想っている風を装っているだけのような気がしていました。……恋に狂ってしまったのなら、あんなに生易しい目はしませんから。自分のことが可哀相で仕方なかったのですね」

『恋に狂う人間は瞳を見ればわかります。きっとレヴェリー殿下を大切にしておられたテーヴィア殿下にもわかるようになります』

ミネレーリの助言は見せかけではない真実。

今まで誰かに恋焦がれる令嬢達と社交をしてきたけれど、ただの一度もレヴェリーと同じだと感じるようなことはなかった。

『出会わないことが最善です。そういう方は…………狂っていってしまいますから』

きっとミネレーリは出会ってしまえば、なにかが起こると付け加えたかったのかもしれない。

でも、レヴェリーのことを言うようで口にはできなかったのだろう。

「……そうですか。今ここで話すべきことではないかもしれませんが、僕の初恋はレヴェリー様なんです」

「え……」

「五歳ぐらいの頃だったでしょうか？　ここで転んで泣いていた僕を慰めてくれました。あんなに素敵な人と結婚できる兄が羨ましかった。同じ母親から生まれたというのに兄の王太子教育が忙しくて関係は兄弟とは思えないほど薄かったです。かまってほしい時期もあったような記憶はありますが、もう覚えていません。だから一番大切だった人と言い切れるテーヴィア様が眩しいです」

「わたくしにとって一番大切な人でしたけど、姉様がどう思っていたかはわかりません。きっと複雑な思いを色々と抱えていたと思います。でも……」

「でも？」

あのときを振り返るのは、今でも辛い部分がある。

きっとすべてをわかることはできなかったのに、わかってあげたかったと思うし、願ってしまうのだ。

「わたくしを助けてくださった方からの言葉で幾分か救われて前に進むことができました」

「言葉、ですか？」

「姉が最期に言ったことを教えてくれたんです」

それが本当の死に際の言葉だと理解したのか、エールフランの言葉が詰まる。

「姉様は『わたくしが一番ほしい愛をくれるのは、テーヴィアだけだ』と言ったとおっしゃっていました」

「それは……」

「クラウス公国のミネレーリ様を覚えていらっしゃいますか？」

なにを言ったらいいのかと思案しているエールフランに、テーヴィアは問いかける。

「はい。テーヴィア様の従兄の方と結婚されたミネレーリ・ウィスティリア次期公爵夫人ですよね。いつも凛とされていた方だという記憶があります」

「ええ。その方があの窮地で助けてくれて、教えてくれたのです。……強くていつでも前を向いておられる方です。わたくしの理想です」

もちろんミンティやエディティにも憧れている。

社交界の華であるミンティやエディティも博識で夫に頼るだけではないエディティも。

でも、根本的なところでなにかが違うのだとテーヴィアは三年間で感じていた。

『ミネレーリに憧れるのだけはおやめください。あれは特殊なのです』

ミンティの切羽詰まった声が蘇ってくる。

ミネレーリに憧れていると言った瞬間に、まるで懇願されるように言われたのだ。

きっと根本的に違う部分がなんなのかをミンティは知っているのだろう。

そして、それは絶対にお薦めできないことも。

「なれませんよ、ミンティ様」と笑えば安堵した顔をされたのが今でも懐かしい。

「……このように姉様とあの方のお話をすることはありませんでしたね。いつもエールフラン様にお気を遣っていただいて」

「いいえ。僕も……口にしたくなかったのです。一時は臣下となり支えていこうとしていた気持ちがすべて無駄だったような気になって悔しくて」

東屋に静けさが舞い降りて、居心地が悪いわけではないけれど、次になんの話題を振ればいいのかわからなくなる。

だから、率直に自分の気持ちを告げてみようと思い立った。

「わたくし、エールフラン様の初恋が姉様と伺って嬉しかったです。でも、ルウティ様の話は少しだけ嫌な気分になりました」

「え？」

「元婚約者の方で、幼少の頃より見知っているのでしょう？　エールフラン様の全部を理解しているのはわたくしだとちょっとだけ嫉妬してしまったのです」

「へ？」

「そういえば半年後には結婚するのに、まだ呼び方が堅いですよね、わたくし達。エールフラン様、これからわたくしのことは呼び捨てにしてください」

「はぃ!?」

首から頭のてっぺんまで赤く染まっていくエールフランを無視して、うーんとテーヴィアは悩んでしまう。

「わたくしはどういたしましょうか？　エールフラン様の愛称などございますか？」

「え!?　いや、あの！　父と母からはエールと呼ばれていますが…！」

「ではわたくしはエール様とお呼びしますね。エール様、呼び捨てにしてみてください」

「い、いや、その…！」

じっと見つめると真っ赤になった顔が更に赤くなってゆく。

可愛らしくて仕方がない。

「……テーヴィア……さ、ま。…………す、少し時間をください！　今はまだ無理です！」

「仕方がありませんね。そのときを楽しみにしていますね」

にっこりと満面の笑顔を向ければ、頭を抱えて苦悩するエールフランがいる。

少しだけどんよりとした空気を変えられたことと、言いたかったことを言えたことでテーヴィアは心が軽くなった気がしていた。

「王太子殿下！」

辺りに大きく響いた声に驚いて、その声の方角に目を向ければこちらに走ってくる青年が映る。

眼鏡をかけて理知的で、でも優しそうな雰囲気を携えていて。

上がっている息など気にもせずに、テーヴィアとエールフランの前まで来て、いきなり頭を思いっ切り下げる。

「王太子殿下！　次期王太子妃殿下！　この度はルウティが申し訳ありませんでした！」

ちらりとエールフランに目をやれば、苦笑しつつ頷かれて、この人がルウティの婚約者なのだと理解する。

本来は身分の高い者から声をかけることが一般常識だが、この謝罪に関してはそうも言ってはいられなかったのだろう。

「わたくしはテーヴィア・クラウスです。ルウティ様とは軽い世間話をしただけです。ご婚約者の方が謝られるようなことはなにもございません」

「いいえ！　メイドから話を聞いております！　次期王太子妃殿下を待ち伏せしていたと！　失礼なことも言っていたと！」

「失礼なことなどなにもおっしゃっていません。本当にお気になさらず」

「テーヴィア様もこう言っているのだし、もう頭を上げなよ。ルーラン」

エールフランに諭されてようやく顔を上げたルーランだったが、心なしか顔色が悪い。

「深いお心遣いに感謝いたします。私はルーラン・ガナットと申します。代々財務大臣の補佐をしている伯爵家のものです」

なるほど、知己の中でも信頼できる家から婚約者を選ぶあたりが仕事ができるという財務大臣らしい。

「エール様はガナット伯爵令息とお親しいのですか？」

「学園に通っている時代に色々と助けてもらったんです。次の財務大臣に相応しくルーランは学年主席で卒業しました。僕は数字があまり得意でなかったので、教えてもらっていたんです」

「そんなことはございません。王太子殿下は得意ではないとおっしゃいましたが、それはできる誤差の範囲で間違われていたからです。今も昔も変わらず優秀であらせられます」

「おだててもなにも出ないよ、ルーラン。こんな風に真面目なんです」

頷くとエールフランはゆっくりと立ち上がり、テーヴィアに手を差し出した。

微笑んでエールフランの手を取った刹那、ルーランの空気が一瞬変わったような気がして。視線をルーランに向けたとき、テーヴィアは背筋になにか冷たいものを押し当てられた感覚に襲われた。

ふらりとふらついたテーヴィアを慌ててエールフランが支える。

「テーヴィア様!?」

「だ、大丈夫です……」

「早く宮廷医をお呼びしましょう！　誰か！」

次にルーランを見たとき、その感覚はなくなっていた。

まるで幻のような奇妙な感覚。

でも、腕に鳥肌が立って治まっていない。

気のせい。

なにがなんだかわからない気持ちの悪さに、テーヴィアはそう結論付けるしか方法がなかった。

だから、忘れていた。

『恋に狂うのは女だけではありません。同じ人間ですから男性も同じだと思っています』

ミネレーリに言われた、その言葉を。

忘れてしまっていた。

張り詰めた屋敷の中で幾重にも怒号が飛び交っている。

空気は凍り付いたように冷ややかで、使用人達も恐れてその声達が轟く部屋には近寄らないし、主人である当主から近づくなとの厳命がなされている。

厳命がなくても近寄りたくないのは、時折聞こえる金切り声とすすり泣きのせいだ。

誰が泣いているのかわかっているが、使用人達は誰も庇いたいとは思わない。

「何度言ったらわかる！　お前はすでに王太子殿下の婚約者ではない！　次期王太子妃に無礼を働くなど、お前はこの家を潰したいのか！」

「お義父さん！　王太子殿下も次期王太子妃殿下も無礼はなかったとおっしゃっていました！お怒りをお静めになってください！」

「ルーラン君がとりなしてくれたから事なきを得たのだ！　この馬鹿娘が！」

この屋敷の主であるマールーシャ侯爵は机を思いっ切り拳で叩く。

ダンッと机を揺らして振動する音にびくりと震えたのはマールーシャの娘のルウティだ。

「…………でも、わたしは…………」

まだごねようとするルウティに侯爵の血管はブチ切れる寸前の状態で。

「次期王太子妃のテーヴィア姫は聡明で王太子殿下を支えるに相応しいお方だ！　お前が王太子殿下と未だに婚約関係にあったならば、そのような力はなかったはずだ！　国の力のことを言っているのではない！　器としての問題なのだ！　お前は婚約時代、王太子殿下に支えられてばかりいたではないか！　今はルーラン君がその役目を担っている！　お前の価値など私の娘という以外にないといい加減に理解しろ！」

「む、娘にそのようなことっ……！」

「何度言っても王太子殿下の周りをうろつくからだ！　王太子殿下ご本人にも迷惑だといったいどれだけ諭されてきた⁉」

「迷惑などと言われてはおりませんっ！」

「同じようなことは言われただろう！　何回も！」

泣きながら声を詰まらせるルウティは覚えがあるのか、また押し黙って泣き続けるだけ。

ルウティは侯爵家の令嬢としてマナーは完璧だが、勉学や領地経営の才能はまったくと言っていいほどなかった。

本人が努力をすれば少しは身に付いたかもしれないが、その努力はマナーやダンス、社交などに向いてしまい、それでも婿に迎える男にそれがあればいいと思ったのが間違いだったのか。

ルウティは自分自身にこそ価値があると思い込むようになってしまった。

財務大臣の一人娘だから。

その基本的なことを頭からすっぽりと抜かして。

だから、このような恥知らずな真似ができるのかと侯爵は頭を抱える。

「もう三年も経つのだぞ！　ルーラン君と結婚の準備の話をしてもおかしくないぐらいなのに、お前ときたら！」

どかりと一人用のソファに腰を下ろした侯爵の言葉に、ルウティはあからさまに体を震わせた。

「お義父さん、結婚はルウティの気持ちが固まってからで大丈夫です。僕は急いでいません」

「それではルーラン君、君の立場が悪くなるだろう。社交界で色々言われていると聞いているぞ」

苦笑で返してくるルーランに、この優しさに甘えているだけの娘が腹立たしくなってくる。

婚約が決まってからは次期財務大臣となるため、領地経営のやり方を一生懸命寝る間も惜しんで学んでくれて、毎回使用人達には手土産の菓子を自ら渡して回り、労いもして。

だが、ルウティは一向にルーランに寄り添おうとはしなかった。

どれだけ優しくされても、諭されても。

今や侯爵家の使用人にルウティの味方はいない。

毎回気遣い、身分など関係なく接してくれるルーランを蔑ろにするルウティにわがままがすぎると嫌気が差している者達が大多数だ。

それは社交界でも同じ。

王太子殿下の友人で優秀。ルウティに優しく、いつも寄り添おうとしているルーランを邪険にしているところを、どれだけの人間が目撃してきたことか。

一部では婚約者に振り向いてもらえない哀れな男と揶揄われてもいる。

その現状が、侯爵は歯がゆくて歯がゆくて仕方がなかった。

「ただの噂好きの人達になにを言われてもかまいませんよ、僕は」

このルーランのルウティを庇う姿にほだされて今まで許してきたが、輿入れしてきて半年後には挙式する王太子殿下達の邪魔になることまでするなら、もう強硬手段しかない。

「ルーラン君の優しさで目をつむってきたが、もうそういうわけにはいかない。来年には結婚する準備を始める。ルーラン君もそのつもりで」

「それは……」

「嫌ですわ！　わたしはエールフラン様が好きなのです！」

決定だと告げる侯爵に泣き続けていたルウティは酷い顔を晒して叫んだ。

「黙れ！　もうそんな世迷言を言うのはやめろ！　王太子殿下には次期王太子妃殿下がいるのだ！」

「ですが、エールフラン様もきっとわたしをまだ想ってて、っ！」

「駄目だよ！　ルウティ！」

いつもあまり声を張り上げることのないルーランの大きな声に、びっくりしてルウティはルーランを見た。

「そのようなことを言ってはいけない！　王太子殿下は次期王太子妃殿下を想っていらっしゃる。まだ一度だけなのに、二人でいるところにお会いした僕が感じるんだ。王宮の人間は皆知っているよ。なのにそんなことを言ったら頭のおかしい人間だと思われてしまう」

「有名な話だ。知らんのは馬鹿娘だけだ」

「お義父さん、その言い方は……」

「お父様を父と呼ばないで！」

「ルウティ！」

今まで黙っていたが、叫んだことでルウティの箍が外れてしまったのだろう。

きっとルーランを睨みつける。

「気持ち悪いのよ！　優しくすれば誰でもなびくと思っているの！　思い上がりもいいところだわ！　わたしはエールフラン様にしか心を許さない！　これから先もずっとよ！」

呆然とするルーランに少しすっきりした瞬間、ルウティの体は真横に吹っ飛んでいた。

「気持ち悪いのはお前だ！　ルーラン君に頭をついて謝れ！　馬鹿なことを言ってしまってすまないと、今すぐ！」

どれだけ怒っても今まで一度も手を上げたことのなかった侯爵が思いっ切り殴ったのだ。

もうすでに叩くだけでは済まない怒りを侯爵は燻らせ持ち続けていた。

それをせき止めていたのがルーランだったというのに。

「き、嫌いよ！　お父様も貴方も！　どうしても結婚というなら修道院にでも入るわ！」

慌てて助け起こそうとしていたルーランの手を叩き落として、ルウティは部屋を飛び出していった。

侯爵は疲れ切って、頭を押さえた。

「すまない……。ルーラン君。馬鹿娘が……」

「……いいえ。僕が至らないからです」

「君は本当に優しいな……。それではいつか足元をすくわれるぞ」

「僕がここまで優しくするのはルウティにだけですから大丈夫です」

心底好きなのだと言葉にしなくても伝わってくる表情に、侯爵は深く溜め息を吐き出した。

この青年のどこに嫌なところがあるというのか。

夢見がちだった少女は王子様と結婚するという夢に固執しているだけだ。

「……修道院」

考え込んでいる侯爵には、そのルーランが呟いたひと言が聞こえなかった。

その瞳の奥が底冷えするほど暗かったことも、なにも知らないまま。

ブラインド王国に来てから、早二週間が過ぎようとしていた。

本当にこれでは結婚まであっという間だなとテーヴィアとエールフランが仕事の手が空いた隙間時間に談笑していると、部屋の外が急に慌ただしくなり、大勢の人が行き交う音が聞こえてくる。

二人で顔を見合わせた直後、扉を一回素早くノックして室内に入ってきたのはエールフランの直属の近衛騎士だった。

「なにがあった？」

「急ぎのためご無礼をお許しください。本日尋問のために貴族牢から出された直後にキャメラ伯爵令嬢が脱走しました」

「なっ⁉」

息を呑んだエールフランと同じようにテーヴィアも絶句する。

ユリアーナが貴族牢に入れられていたことは知っており、あまりにも暴れるため数日おきに尋問を繰り返しているのだと教えられてはいたのだが。

「警備はなにをやっていた⁉　貴族令嬢が容易く抜け出せるものではないだろう！」

「はっ！　どうやら貴族牢から出された瞬間に警備兵達は襲われたようです。手際のよさからいって騎士だと思われます。キャメラ伯爵令嬢に雇われたものかと」

拳を思い切り握り込むエールフランの顔には憤怒と悲しみがあるような気がテーヴィアにはした。

ここで逃げてしまっては一族郎党、どんな処罰を受けるかわかったものではない。

それでも逃げ出したユリアーナは本当に自分のことだけしか考えてはいないのだろう。

「キャメラ伯爵令嬢は次期王太子妃殿下を恨んでおられるご様子。ここよりも安全な場所に避難していただけとの陛下のご命令です」

「……わかった。テーヴィア様、安全が確保できる場所に移動しましょう。近衛騎士達が周りを固めているので心配しないでください」

「はい。大丈夫です。参りましょう」

部屋から出ると十人はいるであろう騎士達がテーヴィアとエールフランの周りを囲んだ。

エールフランがテーヴィアの手を優しく握りながら、小走りで進むのになんとかついていく。

本当はもっと速く走りたいだろうに、エールフランも騎士達もテーヴィアと室内に一緒にいたアリナに合わせてくれている。

でも、いくら貴族牢を脱出できようが、王宮を抜け出せるとは到底思えない。

かなり腕の立つ者を雇っているようだが、多勢に無勢。いつかは力尽きてしまうのが目に見えている。

「大丈夫ですか？　テーヴィア様」

なんとかついていっている状態にエールフランはすぐに気付いてくれて、度々こちらを見ては不安げな表情でいるので「大丈夫です」とアリナと顔を見合わせたとき——。

「あの女はどこよ!?　疫病神の女は!?」

まさに地鳴りと言っていい声だった。

さすがにこれにはアリナもびくりと体を震わせる。

声がだんだんと近くなっていることから、騎士達は更に張り詰めた空気で走っていたのをやめてエールフランとテーヴィアを守る形に入った。

これではユリアーナはテーヴィアに近づくことはおろか、その前に一刀されてしまう。

「いた！　疫病神！」

ユリアーナを視界にとらえたとき、隣には剣を携えた私服の男性がいた。

騎士の数人が息を呑んだことから、やはり見覚えのある人間、騎士なのだろう。

けれど、テーヴィアは咄嗟に違和感を覚えた。

得体の知れないなにか。

この感覚には覚えがある。

先日の……。


「伏せてください！」

ユリアーナがこちらに髪を振り乱し、鬼気迫る顔で向かってきていた刹那、大きな声がしていち早く反応したエールフランと騎士達がその場にテーヴィアとアリナを抱えて伏せた。

轟いた乾いたパンという音が銃声だと気付いたのは、ゆっくりとユリアーナの体が倒れ込み、口から血を吐き出した瞬間だった。

「テーヴィア様！　目を閉じてください！」

エールフランがテーヴィアに覆いかぶさり視界を遮るのと、アリナの悲鳴が同時だった。

続けて数発の銃声が聞こえ、辺りが静まり返った頃、テーヴィアを抱きかかえていたエールフランが顔を上げ――。

「ルーラン……」

呆然とするエールフランの声が頭上から聞こえてきて。

急いで視線をずらすと、血溜まりの中にユリアーナと男性が倒れているのが見えた。

ぎゅっと両手を握り、アリナを見れば騎士の一人が視界を遮ってアリナの前に立ってくれていた。震えているアリナの背を擦ろうと傍らによれば、アリナはハッとして、泣き出しそうなのを堪えるような顔で気丈に大丈夫だと訴えてくる。

数名の騎士達がエールフランとテーヴィア達から離れ、ユリアーナ達の生存を確認して緩く首を振った。

怒号が飛び交う中で、この場に似合わないゆっくりとした足取りでこちらにやってくるのはルーランだ。

気が動転していて気付かなかったが、ルーランが来た背後にはルウティが腰を抜かして口に手を当てている。

「……ルウティ様？」

テーヴィアの声にエールフランも気付いたのだろう。

ルウティを視界にとらえ、歩み寄るルーランに目をやる。

ルーランは猟銃を持っていた。

その猟銃を騎士の一人にすっと差し出した。

「……弾はもう残っていません」

騎士のひと言に他の騎士達の警戒が解ける。

「ルーラン……どうして、君が……」

「ルウティもキャメラ伯爵令嬢の脱走の手助けをしていたのです。次期王太子妃殿下を害そうとしていました」

エールフランの声に答えたルーランの声は静かで、けれど衝撃的なものだった。

すぐさま騎士二人が駆け出し、ルウティを拘束する。

「や、やめて！　触らないで！　わたしはなにも関係ないわ！」

「関係があるだろう。ここ数日様子がおかしいと思ったから見張ってもらっていた。せいぜいどうやって王太子殿下に近付こうか考えているだけだと思っていたのに……。まさか次期王太子妃殿下を害そうとする輩達に手を貸すなんて」

涙声のルーランの表情はルウティのほうを見ているせいで見えない。

エールフランはぎゅっと強くテーヴィアを抱きしめて、ルウティを睨みつける。

それを見てルウティは子どものようにぐずり出した。

「い、嫌！　こんな、こんなはずじゃなかったのに！　エールフラン様！　わたしはっ……！」

「名前で呼ぶ許可を与えていない！　連れて行け！」

「いや！　いや！　いやよーー！」

叫び続けるルウティを両脇から荷物のように抱えて、騎士達が去った後、嫌な静けさが場を支配する。

「…………王太子殿下、ルウティの極刑は免除してください。それを乞うためにこうするしかなかったのが、悔やまれますが」

「ルーラン……君はどうしてそこまで……」

「幼い頃からルウティが好きでした。子どもの戯言ですが運命を感じました。それでも王太子、いえエールフラン様の婚約者になったときにどれだけ時間がかかっても自分の気持ちに踏ん切りをつけるつもりでいました。けれど……」

バルムヘルツのしたことでエールフランが王太子となり、婚約は白紙となってしまった。

それだけではなく後釜の婚約者にルーランが選ばれたのだ。

「喜んではいけないのに嬉しかった。ルウティがエールフラン様に好意を寄せているのは知っていましたから、少しずつでも歩み寄ってくれればいいと思っていました。だから財務大臣の補佐も領地経営の勉学も頑張りました。でも、ルウティは僕を見てはくれなかった」

王太子ではなくエールフランと呼ぶのは思いを吐露しているせいなのか、はたまた昔を思い出しているのか。

「でも、それでもよかった。一度は絶対に諦めなければいけなかった想いが叶うなんてありえないこと。どんな態度をとられても僕だけはルウティの味方でいようと決めていた。けれど、エールフラン様の大事な方を傷付けるのであれば話は別です。……エールフラン様、僕は貴族牢で一生を終えるでしょう。ですからどうかルウティの減刑をお願いいたします」

「どうして君が牢に入らなければいけない⁉ 君は僕とテーヴィア様を未然に助けたんだぞ！」

「……その男が誰か知っていますか？」

血だまりの中、ユリアーナと共に倒れている男を指さしたルーランに近衛騎士の数名が息を呑むのがわかった。

「騎士団所属の伯爵家のボンクラ息子です。今だけは暴言をお許しください。この男は数多の問題行動を今まで報告されてきました。侍女への付きまといに始まり、勤務時間に娼館に通っていたり飲酒をしていたり。仲間内での暴力事件も絶えませんでした」

「僕には報告が上がっていない。それだけ問題を起こしているなら知っているはずだし、すぐに王宮から追い出している」

「この男の祖父が誰かまではご存じではないでしょう？　評議会議長です。目に入れても痛くないほどの可愛がりぶりで、陛下やエールフラン様に情報が届く前にもみ消していたようです。が、それも限界が近いと悟ったのか今回暴走したようですね。自分が破滅するならすべてを消してやろうとでも思ったのでしょうかね。短絡的です」

「それが事実なら議長は罪に問われる。君が牢に入ることはありえない！」

「……議長が裁かれたとしても、伯爵家は黙っていないでしょう。僕の家より権力は上です。どれだけ出来が悪く不甲斐ない息子でも我が子ですから私への罰がなにもないままでは陛下とエールフラン様にご迷惑がかかります。……領地の実り豊かで税金の納めもいい伯爵家や、その縁類の貴族家にまでなにか言われて困るのは王家ですよ」

「ルーラン………」

「エールフラン様、どうかルウティの減刑を。そして僕を息子同然に扱ってくれたマールーシャ侯爵にはお咎めがないようお願いいたします」

それ以上なにも言わずに頭を下げ続けるルーランに、エールフランの手に力がこもるのを感じたが、テーヴィアには口から出てくる言葉がなにひとつなかった。

かけるべき言葉がわからないまま。

すぐに今回の事件への処遇は陛下より決定事項となり周知された。

ユリアーナ・キャメラは親が監督不行き届きということで爵位を剝奪され、経営していた領地に親族もろとも幽閉が決まった。新しい領地経営者には陛下の信のおけるものを置き、生涯にわたり見張られることとなり、ルーランは………。

テーヴィアは螺旋階段を一歩ずつ上がりながら、最上階を目指していた。

貴族牢の最上階。

それは罪が重くとも、恩赦が与えられてもおかしくはない貴族が収監されるところ。

待遇は貴族牢の中で一番いいと聞いている。

そこにテーヴィアの会いたい人が今、いるのだ。

「……ガナット伯爵令息。お久しぶりです」

階段を上って、上がってしまった息を整えながら、声をかければ髪は少しよれているが清潔そうな白い服を着たルーランと鉄格子越しに目が合う。

テーヴィアがここにいることに心底驚いたのだろう。

「次期王太子妃殿下⁉　どうしてこのようなところに⁉」

慌てて鉄格子越しに駆け寄ってくるルーランにテーヴィアは「聞きたいことがあって」と前置きをして話し出す。


「この結末が貴方の望みだったのですか？」


「え？　次期王太子妃殿下、いったいなにが……」

「貴方を狂わせているのはルウティ様ですか？　それとも己自身ですか？　大丈夫です。ルウティ様のことで一人で話がしたいとエール様には話をしてわたくしがここにいる間は誰も人が来ないようにしていますし、この最上階には貴方だけしかいらっしゃいません」

ひとつひとつ説明するごとにルーランの顔色が徐々に変わっていく。

醜悪なものではない、けれど笑みを湛えながら。

この場には似つかわしくない笑顔。無邪気な子どものような。

背筋に悪寒が走るが、それでもテーヴィアは知りたかった。

知らないままでいるわけにはいかないと思ったのもある。

「ルウティ様はこの国で一番戒律の厳しい修道院に入りました。最後まで暴れて泣いていたそうですが」

「ふふ、僕と結婚するぐらいなら修道院に入ると豪語していたのにそれとは。マールーシャ侯爵もひと苦労だったでしょう」

笑いながら話す事柄について、今まで見てきたルーランとは乖離していると錯覚してしまいそうになる。

ルウティは減刑が認められ修道院で生涯過ごすことで許された。

元々ユリアーナとは仲がよかったらしく、今回の計画を事前に知らされていたルウティをこのままにしてよいのかという声もあったが、マールーシャ侯爵がルーランの願いだからと陛下に頭を下げたのだ。

死罪にしてもかまわない娘だが、ルーランの頼みだからと。

マールーシャ侯爵は財務大臣としての実績や忠誠心ぶりが認められて、そのままの地位にいるが遠縁から優秀な男の子を養子にし、引退後は領地から出ないと、陛下と取り決めをしたらしい。

元々侯爵がずっとルウティを窘めてきたことを誰もが見聞きをしていた。

一人娘を切り捨てた時点でマールーシャ侯爵の仕事は終わっている。

死亡した貴族騎士の親がしゃしゃり出てこなければ、ルーランを牢に入れるつもりは陛下にはなかったが、やはり貴族騎士の男の親、議長の祖父や親類貴族の反発を抑えるためには仕方がなく。

だが、今まで色々な問題を起こしてきた男だ。

評議会議長だった祖父は解任。

社交界では居場所はなく笑いものにされていると聞く。

だが、領地に住まう民達には評判がいい親だったようで。

もしもの話、親に同情して暴動でも起こされたらとの考えに至ったのだ。

「なにが貴方の本当の望みだったのですか？」

けれど、テーヴィアは今回の一件を当事者としてとらえて見ながら、同時にルーランに感じた違和感を拭えなかった。

誰もが抱かない違和感。

それでもテーヴィアはレヴェリーを見て、ミネレーリと話して人が知らないことを知っていた。

恋によって狂気を孕む人間のことを。

「ルウティの望みを叶えただけですよ、僕は。僕と結婚するぐらいなら修道院に行くと言った。だから叶えてあげたのです。ルウティの望みは僕の望みでもありますから」

「違うでしょう？　貴方は……ルウティ様をもう誰にも奪われたくなかった。だから、振り向いてくれないルウティ様を一生出られない場所に送ることにした。一生会えなくなっても。自分を犠牲にしてでも」

一瞬だけルーランから表情が抜け落ちたが、すぐに元の優しい顔つきに戻る。

「貴方はエール様に嫉妬などしていなかった。だって最初からエール様にルウティ様への想いはなかったのですから。知っていたからエール様とご友人でいられたのでしょう？」

「エールフラン様は友人だとずっと僕は思っていますよ。ルウティのことがなくても。ルウティのことは僕の中で処理するべき感情でしたから。ただ、婚約者になってしまってせき止められなくなってしまったものも大きくて。見ているだけだった昔の頃のほうが気持ちが凪いでいましたね」

「……そこまでルウティ様を慕われているのですか？」

「はい。可愛らしく馬鹿で世間をなにも知らない。あのマールーシャ侯爵の娘とは思えない稚拙な考えに愛おしさがあります」

絶句したテーヴィアにルーランは饒舌（じょうぜつ）に語り続ける。

「頭のいい女性は好きですが、生涯を共にするなら愛おしさが募るほど愚かな子がいいと思っていました。ルウティはまさに理想だったんです」

まさにルウティは愚かな人だったに違いない。

実の親から見放され、使用人達もルーランの味方だったことから修道院行きの馬車に押し込まれても誰も悲しまなかったという。

きっとマールーシャ侯爵はルーランのことを娘のルウティよりも信頼していた。

そうなるように努めて努めて。

ルーランの願いは叶った。

すべてが思い通りだっただろう。

きっとユリアーナと連絡を取り合っていたことも知っていたはずだ。

計画も事前に。

あんな稚拙な計画でテーヴィアを害することなど騎士達がいて不可能だとわかるはずなのに。

ルウティもユリアーナもあの騎士も、それがわからなかった。

馬鹿だったからだ。

ルーランの望むような。

「ここに一人で来られたということは、このことをエールフラン様にお話しする気はないのですか？」

「……ありません。貴方がした行動に間違いはなかったのですから」

テーヴィアを守ったこと。

エールフランも守ったこと。

凶行に及ぼうとしている輩を排除したこと。

すべて間違っていない。

間違っていないから。

「では、僕はここでルウティがどれだけ毎日嘆いているかを考えながら過ごします。マールーシャ侯爵に聞いてもいいな。一か月に一度は特定の相手だけですが面会を許されているんですよ。ああ、楽しみだ！」

「…………貴方自身が愚かだから、ルウティ様が愛おしいのですか？」

「似た者同士でお似合いでしょう！」

高揚して告げるルーランにテーヴィアはもうなにも言えなかった。

牢から離れ、螺旋階段を下りる最中気持ち悪さが込み上げてくる。

その場に座り込んだテーヴィアは、今だけと滲む涙を堪え切れなかった。

『これからたくさんのことがございます。もしブラインド王国の王太子殿下にご相談ができないことがありましたら、手紙をいただければお返事いたします。私ができる範囲でですのでご容赦ください。幸せにおなりください』

ミネレーリに手紙を書こう。

きっとこれから幾重にも人の業も愚かさも、王妃になるテーヴィアは見ていくことだろう。

慣れたくはなくても、きっといつか慣れてしまう。
でも、幸せになるのだ。
レヴェリーが夢見たこの地で。
絶対に。
本当の意味で甘いわたしはいつかいなくなる。
テーヴィアは数分して立ち上がると、前を見据えて階下へと下りてゆく。
愚かな人に心の中でさよならを告げて。

あとがき

初めまして。秋月と申します。

この本を手に取ってくださってありがとうございます。

未だに自分の小説が書籍化するという事実に、あとがきを書いている時点でも実感が湧かない部分があります。

担当さんからの最初のメールを見たのは共同で「小説家になろう」のアカウントを使っている姉でした。

いきなり職場に電話がかかり、その旨を伝えられましたが「嘘つけ」とひと言で済ました私です。


この『一緒に居てほしい〜』は、その時自分が小説を何か月も書いていなかったためリハビリ用と付けていました。

自分は小説の内容から考えるのではなく、いきなりポンと頭の中にセリフが浮かび、それが基盤となって小説を作っていくことが多いです。

なので色々となにも後先考えずに書くことが多く、担当さんや書籍化に伴いお世話になった方々に大変ご迷惑をおかけいたしました。

この『一緒に居てほしい〜』で最初に思い浮かんだのは冒頭プロローグのミネレーリのセリ

フです。

「私も～様のことが好きだもの。お互いライバルね。頑張りましょう」でした。

あ、これでいこうと思い書いたものが本作です。

この物語は恋愛というより家族というテーマがしっくりくる感じで、書籍化のお話をいただいたときはこの小説で大丈夫ですか？　と担当さんに聞いてしまいました。

このあとがきを書いている今、ふと父と母の会話を思い出していました。

母を揶揄うことが好きだった父が冗談で「お前達と血が繋がっていないかも」と口にした瞬間、いつもなら無言で怒り黙ってしまう母が「その言葉だけは許せん」と父が病気にかかったあとに生まれた自分がその病気になっていること（兄はそれが一切ない）、寝方の癖（かなり独特でこれは兄も同じ癖があります）、その他を延々と父の首を絞めながら怒鳴っていたことを思い出して、夫婦って色々だなと思う次第です。

もちろん同じ女として母の味方をした自分は二人の攻防から、そっと身を隠しました。

くだらないお話はここまでにして、最後に感謝を。

書籍化したいと言ってくださった担当様、それに伴い携わってくださった方々、本当に感謝しかありません。

この本を手に取ってくださった方々の明日がよりよいものでありますようにと願っています。

本当にありがとうございます。

2024年12月新刊

愛されていた
はずだった――
邪魔者にされ続けた
彼女の最後の望みとは？

邪魔者は毒を飲むことにした
―暮田呉子短編集―

著者:暮田呉子　イラスト:みすみ

プティルブックス大人気既刊!

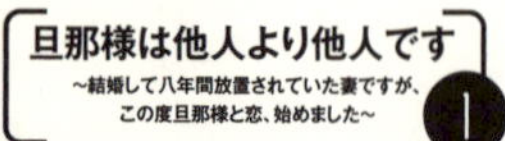

旦那様は他人より他人です
～結婚して八年間放置されていた妻ですが、この度旦那様と恋、始めました～
1

著者:秘翠ミツキ　イラスト:夕城

悪役令嬢は嫌なので、医務室助手になりました。
1～4

著者:花煉
イラスト:東由宇

純潔の男装令嬢騎士は偉才の主君に奪われる
1・2

著者:砂川雨路　イラスト:黒沢明世

あなたのしたことは結婚詐欺ですよ

著者:りすこ　イラスト:aoki

プティルブックス

一緒に居てほしい。
ただそう言いたかった。

2024年11月28日　第１刷発行

著　者　秋月篠乃　

編集協力　プロダクションベイジュ
発行人　鈴木幸辰
発行所　株式会社ハーパーコリンズ・ジャパン
東京都千代田区大手町 1-5-1
04-2951-2000（注文）
0570-008091　（読者サービス係）
印刷・製本　中央精版印刷株式会社

Printed in Japan K.K.HarperCollins Japan 2024
ISBN978-4-596-71944-7